犯人
はんにん

〔日〕太宰治 等 著

郑民钦 译

南海出版公司

新经典文化股份有限公司
www.readinglife.com
出 品

目录

犯人 / 太宰治 —— 1

丛林中 / 芥川龙之介 —— 19

报恩记 / 芥川龙之介 —— 33

娘 / 佐藤春夫 —— 55

嫌疑 / 久米正雄 —— 71

路上 / 谷崎润一郎 —— 87

外科室 / 泉镜花 —— 109

白发鬼 / 冈本绮堂 —— 125

古琴幻音 / 夏目漱石 —— 153

蹉跎 / 幸田露伴 —— 191

高濑舟（高濑舟缘起）/ 森鸥外 —— 219

犯人

太宰治
1909—1948

生于青森县金木村。东京大学法文科退学,后专注创作小说。1935 年,《逆行》入围第一届芥川奖。创作有《奔跑吧,梅勒斯》《人间失格》等佳作。1948 年,在玉川上水投河自尽。人们为了纪念他,每年 6 月 19 日在三鹰市的禅林寺举行"樱桃忌"。此篇发表于 1948 年的《中央公论》。

"我爱你。"布尔明说,"发自内心地爱你。"

玛丽亚·加夫里洛英娜顿时满脸通红,越发低垂脑袋。

——普希金《暴风雪》

多么平淡无奇。青年男女的情话,不,其实就是成年男女的情话,听起来也都是老一套,矫揉造作得令人浑身起鸡皮疙瘩。

然而,这切不可一笑置之,因为随之发生了一起可怕的案件。

他们是在同一家公司工作的青年男女。男的二十六岁,名叫鹤田庆助,同事们都叫他"阿鹤"。女的二十一岁,名叫小森秀,同事们都叫她"小森"。阿鹤和小森正在恋爱。

晚秋的一个星期日,两人在东京郊外的井头公园约会。时间是上午十点。

这个时间不好,地点也选得不是地方。可是他们没有钱。刚要拨开灌木丛钻进去,一对夫妻领着看似已经懂事的孩子从身边走过。这可不行,两人没法安静地待在一起。他们都非常渴望安静地单独待在一起,但又都羞于被对方看破心事,所以漫无目的地聊一些天空湛蓝、红叶美丽而短暂、空气清新、社会乌烟瘴气、老实人上当吃亏之类海阔天空的话题。然后,他们分享一个盒饭,努力表现出只是钟情于诗歌的天真烂漫的神情,忍受着晚秋的寒冷。到了下午三点,男的终于蹙眉说道:"回去吧……"

"好的。"女的说,接着随口蹦出一句无心的话,"要是有个家,一起回去,那该多幸福啊。回去,生起火炉……哪怕只有三张榻榻米大的小房间也行……"

请别见笑。情话就是这样千篇一律的套话。但是,这句话深深刺穿了小伙子的心胸。

房子。

阿鹤住在公司在世田谷的宿舍里,一间六张榻榻米大的房间住了三个人。小森寄居在高圆寺的姑妈家里。下班回到家里,就如同女佣一样干活。

阿鹤的姐姐嫁给了三鹰市一家肉铺的小老板。他们住的那栋房子的二楼有两间房。

那一天,阿鹤把小森送到吉祥寺车站,给小森买了去高圆寺的车票,给自己买了去三鹰的车票。站台上人多嘈杂,阿鹤在人群中悄悄握了一下小森的手,然后离去。这握手的含义是暗示她自己要去找房子。

"呀，您来了。"

一个小伙计正在磨切肉刀。

"姐夫呢？"

"出去了。"

"去哪儿了？"

"有个聚会。"

"又喝去了吧？"

姐夫是个酒鬼，难得看见他在家里老老实实干活。

"我姐姐在吧？"

"嗯，大概在楼上吧。"

"那我上去了。"

姐姐正给今年春天刚出生的女儿喂奶，哄她睡觉。

"姐夫说了，可以借给我。"

"也许他是这么说了，可是他说了不算，我有我的考虑。"

"你怎么考虑？"

"这事嘛，没必要告诉你。"

"租给那些站街女吗？"

"算是吧。"

"姐，我可是为了结婚的啊。求你了，借给我吧。"

"你一个月工资多少？连自己都养不活。你知道现在房租涨到多少了吗？"

"我也让她帮着出点……"

"你照过镜子吗？长这副德行，还想让女人给你掏钱。"

"是嘛，那好，我不求你了。"

他起身下楼，还是没法心甘情愿，怒火攻心，恨得咬牙切齿，顺手抄起一把切肉刀。

"姐说要用一下，我拿上去了。"

他扔下一句话，跑上楼梯，突然下了手。

姐姐没来得及出声便倒下去，鲜血喷到阿鹤的脸上。他用屋角孩子的尿布擦擦脸，气喘吁吁地下楼，走进房间里，从放有营业钱款的小箱里抓起数千日元，塞进短夹克的衣兜。这时已有两三位顾客来到店里，伙计正忙着接待。

"这就走了？"

"嗯，给姐夫带个好。"

他来到街上。外面弥漫着黄昏的雾气，正是下班时候，来来往往的人流杂沓匆忙。他从熙熙攘攘的人群中挤过去，来到车站，买了一张去东京站的车票。他在站台上等待上行的电车，觉得时间很长，有一种想"哇！"的一声叫喊出来的冲动。身上发冷，尿急，他不敢相信自己的身体怎么会这样。周围的人们表情都显得悠闲平静。他离开人群,独自站在站台昏暗的地方,只是依然不停地喘着粗气。

等车的时间其实只有四五分钟,他感觉至少等了半个小时。电车来了,十分拥挤。他上了车。车厢里由于人的体温显得闷热,感觉车速缓慢。他真想在车厢里奔跑。

吉祥寺、西荻洼……好慢,慢吞吞的。车窗玻璃上有一道裂纹,他用指尖顺着波纹状的裂纹抚摸着,不由得发出一声沉重的悲哀的叹息。

高圆寺。下车吗?他瞬间感觉头晕目眩。想看一眼小森,浑身发热。杀死姐姐的记忆飞到了九霄云外,只有没借到房子的窝囊和遗憾堵塞心头。两个人一起从公司下班回家,生起火炉,说说笑笑吃晚饭,然后听听收音机,上床睡觉。他为没借到房子感到委屈。杀人的恐惧与这种难受懊恼相比,简直不值一提。对热恋中的年轻人来说,这种心态极其自然。

一个猛烈的摇晃,他身不由己地朝车门跨出一步。车从高圆寺发车了,车门轻轻地关上。

他把手伸进夹克口袋里,手指头碰到很多纸质的东西。这是什么?一下想起来了,是钱。隐约有一种获救的感觉。好,先玩再说。阿鹤终究还是一个年轻的男人。

他在东京站下车。今年春天,和其他公司比赛棒球赢了。当天上司带他去日本桥的一家名叫"樱花"的酒馆①。在那里，受到一个比他大两三岁的名叫"麻雀"的艺伎的接待。在政府颁布关闭饮食店的命令之前，阿鹤陪着上司又去了一次"樱花"，也见到了麻雀。

阿鹤想起麻雀说过的话："关了也没事，你到这儿来，只要说找我，准能见到。"

晚上七点，阿鹤站在日本桥"樱花"的玄关前，口气平静地报出公司的名称，说找麻雀有事。他说话时脸颊泛红，女佣毫不怀疑，把他领到里头的二楼房间。他立即换上棉和服，问："浴室在哪儿？""这边请。"女佣在前面引路。

这时，阿鹤显得不好意思地说道："我是光棍儿，日子难啊。顺便也洗一洗衣服。"

他怀里抱着沾有一点血迹的衬衫。

女佣说道："哎呀，还是我给您洗吧。"

阿鹤自然得体地婉拒道："不用，我习惯了。洗得可好了。"

血迹洗不掉。洗完衣服，刮了胡子，又成为帅气的小伙子。回到房间，把刚洗的衣服挂在衣架上，再仔仔细细检查其他衣服上是否也沾有血迹。然后连喝三杯茶，一翻身躺下来，闭上眼睛。

---

① 这里的"酒馆"指的是游乐场所，为男女幽会以及客人与艺伎的游乐提供场所，也提供饮食酒水。（若无特别说明，本书注释均为译注。）

可是睡不着，又一骨碌爬起来。这时，一身良家妇女装扮的麻雀走进来。

"哎呀，好久不见。"

"没上酒吗？"

"上了吧。威士忌，可以吗？"

"行啊。去买来！"

他从夹克口袋里掏出一张百元纸币，扔给她。

"用不了这么多。"

"要多少，你拿就是了。"

"那我先拿着。"

"顺便买包烟。"

"香烟？"

"要柔和一点的，不要手卷烟。"

麻雀刚走出房间，停电了。漆黑一片中，阿鹤突然害怕起来。他隐约听到嘀嘀咕咕的说话声，但也许是幻听。他还听见走廊上传来蹑手蹑脚走来的脚步声，但这也是幻听。阿鹤感觉呼吸困难，真想号啕大哭，可是没有一滴眼泪。他只是觉得心跳剧烈，双脚掉落一样空荡乏力。他躺下去，用右手腕使劲压在眼睛上，装作哭泣的样子。小声地说道："小森，对不起。"

"晚上好，小庆。"阿鹤名叫庆助。

他真切地听见一个女人如蚊子哭泣般纤弱的声音，毛骨悚然地一下子蹦起来，拉开隔扇，跑到走廊上。走廊上黑咕隆咚，远处隐约传来电车的声音。

楼下有微弱的亮光。麻雀手持小油灯走到楼梯下面，抬头看见阿鹤，吃了一惊。

"哎呀，您在那儿干吗呢？"

小油灯的灯光下，麻雀显得相貌丑陋，还是小森可爱。

"一个人害怕。"

"搞黑市买卖的，都对黑暗感到吃惊。"

当阿鹤得知麻雀似乎以为他是在黑市做买卖挣了一笔钱的时候，心情有点轻松下来，想热闹一下。

"酒呢？"

"叫女佣去买了，说是马上送来。这一阵子总觉得不对劲，烦人。"

女佣拿来威士忌、下酒菜、香烟，脚步很轻，像小偷一样悄无声息。

"你喝吧，安静一点。"

"我明白。"

阿鹤如黑市大佬一样泰然自若，笑了一笑。

下面是比蓝天还要湛蓝的碧浪，
上面是金色而灿烂的骄阳。
然而，
不知歇息的帆，
一心追求着惊涛骇浪，
仿佛风暴中才有安详。

可怜啊，风暴中的安详。阿鹤不是所谓的文学青年，是一个相当逍遥自在的运动员。然而，他的恋人小森无论走到哪儿，手包里总有一两本文学书。今天上午在井头公园约会的时候，她还给阿鹤朗诵二十八岁死于决斗的俄罗斯天才诗人莱蒙托夫的诗歌。阿鹤原本对诗歌毫无兴趣，可是对收入这本诗集的所有诗歌都十分喜欢，尤其是这一首题为《帆》的充满青春躁动又粗野的诗歌，与他现在的恋爱心情十分契合，便要求小森一遍又一遍地念给他听。

风暴中才有安详……风暴中……

小油灯下，阿鹤和麻雀对饮威士忌，心情渐好，醉意醺然。将近十点，房间里的电灯"啪"地亮了。但此时对阿鹤来说，电灯的明亮也好，小油灯的昏暗也好，都已经不需要了。

拂晓。

咚！见过的人大概都知道这种感觉。日出之前的拂晓的感觉绝非令人愉快。仿佛传来众神发怒般令人惊骇恐惧的鼓声，那是与朝阳完全不同的光线，一种黏稠的暗红色光线抹上树梢，散发出血腥的臭味。有种近于凄惨阴森的感觉。

阿鹤从厕所的窗户看见这个秋天的阴惨拂晓，觉得撕心裂肺，面如死灰，摇摇晃晃地回到房间，盘腿坐在还在张着嘴熟睡的麻雀的枕边，把昨夜剩下的威士忌咕嘟咕嘟地往嘴里灌。

钱还有。

酒劲儿上来，他钻进被窝里，抱着麻雀。他躺在床上还在继续喝酒，又迷迷糊糊地睡过去。再睁开眼睛之时，清醒地认识到自己已经走投无路，额头渗出油汗，苦恼地翻动身子，要麻雀再去买一瓶威士忌。喝酒。性爱。昏睡。醒来再喝。

到了黄昏，到了再喝一口就要呕吐的程度。

"回去了。"

他呼吸困难，好不容易才憋出这一句话。他本想再说个什么笑话，可恶心得直想呕吐，便默不作声地爬过去取衣服，麻雀帮着他，总算穿戴好。他一边拼命忍着呕吐的感觉，一边跌跌撞撞地走出日本桥这家"樱花"酒馆。

深秋的黄昏冷似初冬。事发后，已经一天一夜。他挤在桥下买晚报的队列里。买了三种晚报，连边边角角都翻遍了，没有报道。没有报道反而令人不安。封锁消息，无疑是在秘密追捕逃犯。

如此看来，这里已经无立足之地。趁着有钱，远走高飞吧，最后自杀了事。

一旦被捕，就要面对亲人和同事的愤怒、悲伤、不快、罝骂、抱怨。这是他最不愿意的、最害怕的事。

但是，他已经筋疲力尽。

报纸尚未报道。

阿鹤鼓起勇气，朝公司在世田谷的宿舍走去。他想在自己的窝里好好睡一个晚上。

六张榻榻米大的房间，和同事一起，住三个人。大概他们出去游玩了，屋里没人，灯还亮着。阿鹤的桌子上有一束随手扔进水杯里的菊花，花瓣有点发黑枯萎，等待着主人的归来。

他默默地摊开被子，关灯躺下。但又马上起来，开灯，再躺下。他一只手捂着脸，低声叫着"啊……"，很快死一般地沉睡过去。

早晨，一个同事把他推醒。

"喂，阿鹤！你上哪儿逛去了？你姐夫从三鹰往公司打了好多次电话，我们也没辙。他说让你即刻回三鹰一趟。是不是有人得急病了？可你小子不去上班，也不回宿舍，连小森都不知道你去哪里了。无论如何，今天你必须去三鹰。听你姐夫那语气，感觉出大事了。"

阿鹤一听，吓得毛骨悚然。

"只说让我回去吗？还说别的什么了？"他一下子蹦起来，穿上裤子。

"嗯，像是有急事，还是赶紧回去吧。"

"我回去。"

阿鹤觉得莫名其妙，摸不着头脑，难道自己与这个社会还有关系吗？忽然感觉像是做梦，但急忙否定并不是在梦中。自己是人类的敌人，是杀人魔鬼。

自己已经不是人了。世间的所有人正集中全力围追这个恶魔。犹如一张蜘蛛网，无论走到哪里，到处都有天罗地网在等待着自己。但是，自己还有钱。只要有钱，就可以寻欢作乐，暂时忘记恐惧感。他想远走高飞，能逃多远就逃多远。实在走投无路了，就自杀。

阿鹤在盥洗室里使劲刷牙。他嘴里含着牙刷走到饭厅，极度紧张地翻阅餐桌上放着的几份报纸，正面背面翻遍了，还是没有报道。无论哪一家报纸，对阿鹤的杀人案都保持沉默。不安。如间谍般悄无声息地站在自己身后的不安，如看不见的洪水从黑暗的底层不断上涌的不安，如即将轰隆一声发生致命爆炸的不安。

阿鹤在盥洗室里漱完口，也不洗脸，回到房间，打开壁橱，从自己的行李中取出夏天的衣服、汗衫、铭仙绸夹衣、腰带、毛毯、运动鞋、三个鱿鱼干、银笛、相册,以及其他大概可以卖钱的东西,装进帆布背包,连桌子上的小闹钟也塞进夹克口袋里。

他连早饭也没吃,用沙哑的声音仿佛自言自语般说道:"我去三鹰。"背上帆布包,急匆匆离去。

先坐井头线去涩谷,在涩谷把所有东西甩卖掉,连帆布背包都卖掉,总共卖得五千多日元。

从涩谷坐地铁,在新桥下车,朝银座方向走去。没走几步停下来,在河边的一家简易药店买了一盒二百粒包装的安眠药溴米那,然后折回新桥站,购买去大阪的快车票。去大阪干什么,漫无目的,但感觉只要坐上火车,就能减少一些心头的不安。而且阿鹤没去过关西。余日无多,在关西寻欢作乐,也不算白来世上一回。听说关西的女人很不错。自己有钱,差不多有一万日元。

他从车站附近的商场买了一大堆食品。中午刚过,便坐上火车。没料到快车很空,阿鹤坐得舒舒服服。

火车在奔驰。阿鹤忽然想写诗。他原本没有什么爱好,这可以说是极其怪异的唐突的冲动。但这的确是生来第一次真正体验不可思议的诱惑。人之将死,不论多么鄙俗的村夫野老似乎都会产生诗心,真是奇怪。放高利贷者也好,大臣也好,不是都喜欢写那种辞世歌、俳句什么的吗?

阿鹤愁眉苦脸,摇摇脑袋,从前胸的口袋掏出笔记本,舔了一下铅笔。他心想要是写得不错，就送给小森，算是遗物。

阿鹤在笔记本上慢慢写着：

我有，澳米那，二百粒。
吞下去，就会死。
生命……

写到这儿就写不下去了，下面没什么可写的。他念一遍，觉得索然无味。真是蹩脚。阿鹤像吃了黄连一样，满心不痛快，紧蹙眉头，把这一页撕下来扔掉。诗写不成，这回试着给三鹰的姐夫写封遗书。

我就要死去。
来生变成狗或者猫。

往下还是无话可说。他久久地凝视着笔记本上的这几个字，忽然转头看着车窗，那儿映照出一副如熟透的柿子般丑陋的哭相。

火车已经进入静冈县。

此后阿鹤的行踪，他的亲属也没有进行认真的调查和推断，所以难以确定以下叙述是否真实。

大约五天后的一个早晨,阿鹤突然来到京都市左京区的某商会,说要见过去曾是运动比赛场上的战友的北川,北川如今是这个商会的职员。于是,他们在京都逛街,阿鹤轻松地走进旧货店,一边开着玩笑,一边把身上穿的夹克、衬衫、毛衣、裤子统统卖掉,然后买了一套旧军装穿上。剩下的钱,两人从中午就开始喝酒。然后,他非常爽快地和这个叫北川的青年分手,独自从京阪四条站乘车去大津。至于为什么去大津?不清楚。

阿鹤在黄昏的大津街道上晃荡游逛,喝了好几家,醉态渐浓。当晚八时许,他醉醺醺地走进大津车站前的"秋月"旅馆。

他操着一口地道的江户腔,说是要住宿一夜。被领到客房后,立即仰面朝天躺在床上,双脚乱蹬一气。但是当掌柜拿来旅客登记簿要求登记时,他还是准确地填写了真实的姓名住址。他要喝水,说是为了醒酒,喝了不少水。然后,似乎也用这水一口气把二百粒溴米那送进肚子里。

听说阿鹤遗体的枕边只是散落着几份报纸、两张五十钱的纸币和一张十钱的纸币,别无他物。

阿鹤杀人案始终未见报,但阿鹤的自杀,关西的报纸倒是在边角发了条小消息。

京都某商会的那个北川闻讯后,大吃一惊,赶到大津。他与旅馆方面商量，给阿鹤居住的东京的宿舍打电报。宿舍立即派人赶往三鹰。

姐姐左臂的伤口尚未拆线，白色绷带绕过脖子吊在胸前。姐夫依然半醉半醒，说道："我们不想闹得满城风雨，所以一直到处寻找他，实在抱歉。"

姐姐泪流满面，没有说话，她明白对年轻人走火入魔的热恋切不可掉以轻心。

丛林中

芥川龙之介
1892—1927

生于东京。东京大学英文科毕业,是参与第三、第四次《新思潮》杂志复刊的代表人物之一。在该杂志上发表《鼻子》,受到夏目漱石的认可,确定在文坛的地位。多创作历史题材的短篇小说,文体理智而富有技巧。35岁时在田端自宅中自尽。此篇发表于1922年的《新潮》。

伐木人回答检非违使[1]询问的叙述

是的,发现那具尸体的的确是我。今天早晨,我和往常一样,去后山砍伐杉树。那具尸体就在背阴面的树丛中。你问具体位置吗?大概离山科驿道四五町[2]吧。竹丛之中混杂着细小的杉树,是人迹罕至的地方。

尸体仰面躺着,身穿浅蓝色的水干[3],头戴京城风格的黑漆乌帽[4]。虽说只中一刀,但这一刀深深插进胸脯,尸体周围的竹叶好像都渗进了黑红色。不,已经不再流血,伤口也都发干了,还有一只马蝇紧紧地趴在上面,连我走过去的脚步声似乎都没听见。

---
[1] 日本在平安时期设置的官职,检察京城中的违法行为,后还掌管诉讼、审判。
[2] 日本长度单位,1町约为109米,也称丁。
[3] 日本平安时期的一种"狩衣",是公卿的便服。
[4] 黑色的袋状帽子。

您问有没有看见刀或者别的东西？不，什么也没有。只是在杉树根部有一根绳子。其他的嘛……对了，除了绳子，还有一把梳子。尸体周围就这两样东西。另外，草地和地上的竹叶被践踏得很厉害，一定是他被杀之前，与对方进行过十分激烈的对抗。什么？您问有没有马？那个地方，马根本进不去。马走的路隔着一道树丛。

行脚僧回答检非违使询问的叙述

那个被杀的男人，我的确昨天遇见过。昨天的……嗯，中午吧。地点在从关山通往山科的路上。那个男人和一个骑马的女人朝关山方向走去。女人的斗笠四周垂着苎麻面纱，所以不知道长什么模样，只是看见好像是外红里绿的衣服颜色。马是桃花马……好像是剪过鬃毛的。您问马有多高？看上去有四尺四寸吧……我是出家人，不太懂这些事。那个男的……不，既有佩刀，还带着弓箭。尤其那黑漆箭筒里还插着二十多支战箭，我现在还记得清清楚楚。

我做梦都没想到那个男人竟是如此下场，人的生命，真的是如露亦如电。唉，说什么好呢，实在太可怜了。

放免①回答检非违使询问的叙述

您是问我抓到的那个人吗？他的确是多襄丸，就是那个臭名昭著的强盗。其实，我抓他的时候，他就已经从马上掉下来了，在栗田口的石桥上痛苦地呻吟。您问什么时候？那是昨晚的初更时分。记得前一次我没抓到他，当时他也是身穿水干，佩挂包金凸纹的长刀。其他的东西，您也已经过目，甚至还带着弓箭。是吗？那个死去的人所携带也是这些东西……干这种杀人越货勾当的，肯定是多襄丸无疑。皮革包裹的弓、黑漆箭筒、十七支鹰羽战箭……大概都是他的东西。没错。还有那匹马，正如您所说的，是剪过鬃毛的桃花马。他从那牲畜上摔下来，一定是命该如此。那匹马就在石桥前面一点的地方，拖着长长的缰绳，正吃着路边的青色芒草。

这个名叫多襄丸的家伙，在出没于洛中②的强盗中，也算是一个好色之徒。去年秋天在鸟部寺宾头卢的后山上，有一个像是前来参拜寺院的妇女和一个女童被杀，就是这家伙干的。这件事他已经招供。如果那个男人也是这家伙杀的，那么骑桃花马的女

---

① 刑满释放或因轻罪被赦免后在检非违使手下当差的人，主要工作是搜寻、押解罪犯等。
② 京都城内。

人可能因他下落不明。恕我多嘴，此事也请审讯清楚。

老媪回答检非违使询问的叙述

是的，那个死去的人正是我女儿嫁的男人。可他不是京城的人，是若狭国府武士，名叫金泽武弘，今年二十六岁。他性格温和，应该没有和别人结下什么冤仇。

您问我女儿吗？她名叫真砂，十九岁。她性格要强，不输给男人。除了武弘，从没有别的男人。她长着一张小瓜子脸，肤色浅黑，左眼角有一颗黑痣。

武弘是昨天和我女儿一起前往若狭的，却发生这样的事情，这是什么报应啊！可是我女儿呢？她怎么啦？女婿既然事已如此，只好罢休，如今最担心的就是我的女儿。这是我这个老太婆今生今世的请求，恳请大人仔细寻找我女儿的下落，哪怕一草一木也不放过。不管怎么说，就数那个名叫什么多襄丸的强盗最可恨，不但杀了我女婿，连我女儿也……（泣不成声，说不下去了）

多襄丸的招供

那个男的是我杀的,但我没有杀那个女人。她去哪里了?我也不知道。哦,且慢……不论你们怎么拷问我,不知道的事也不能瞎说。再说,既然我都这样了,也不打算隐瞒什么,显得懦弱。

我是在昨天中午稍稍过后遇见那一对夫妇的。当时恰好吹过一阵风,把女人的市女笠①的苎麻面纱掀上去,刹那间露出一点面容。就是这刹那间的一瞥——瞬间消失的一瞥——大概因为这个缘故,我觉得那女人的面容如同女菩萨。于是我当即下了决心,即使杀掉男人,也要把这个女人夺过来。

没什么……杀掉那个男的,并不像你们想象的那样,其实轻而易举。反正要夺取女人,就要杀掉男人。只是我用刀杀人,而你们杀人不用刀,你们是用权力杀人,用金钱杀人,甚至用假仁假义的虚伪语言来杀人。所以你们杀人不见血,对方还活得好好的——但是,你们的确杀人了。如果比较谁的罪孽深重,是你们?还是我?真不知道谁更坏呢。(露出讽刺的微笑)

但是,如果不杀男人也能夺取女人,那没有什么不合适的。其实当时我也想尽可能不杀人。可是,在山科的驿道上,这做不到,于是就设法把他们骗进山里。

---

① 一般用营草编织,帽顶隆起。平安时代中期开始为上层妇女外出所戴。

这也不费功夫。我和他们一路同行时,对他们说道:对面那座山上有古墓,我挖开一看,挖出很多古镜、大刀。我把这些东西秘密埋在山背后的竹林里。要是有人要,我愿意便宜出售。那个男人听了我的话,开始动心。然后……怎么样?欲望这东西,是不是很可怕?……然后,不到半小时,这一对夫妇就调转马头,和我一起进山。

来到竹林前,我说宝藏就埋在这里面,过来看吧。那男的已被利欲迷住心窍,毫不怀疑。但女的没有下马,说是在原地等待。竹林茂密阴翳,女的这么说也很在理。其实,她这样做正中我的计谋,于是把她留在外面,我和男的走进竹林里。

前面是一片竹林,大概走半町,便是略为开阔的杉木林——我要实施我的计划,没有比这更理想的地方了。我一边分开树丛往里走,一边煞有介事地欺骗他宝藏就埋在杉树底下。他信以为真,朝着能看见细小杉树的前方拼命走去。一会儿,竹子逐渐稀疏,只有几棵杉树……一走到这个地方,我突然间猛力把他摔倒在地上。他是佩刀之人,应该有相当的力气,但经不住我的突然袭击,猝不及防,很快就被我捆绑在一棵杉树的树根旁。您是问绳子吗?当强盗的,少不了绳子,随时都有可能翻墙越壁,所以总系在腰间。当然不能让他出声叫喊,就用竹叶塞在他的嘴里。做完这些,就没有别的麻烦了。

我把男人收拾好，回到女人那儿，对她说那个人好像突发疾病，你去看看。不出所料，女人果然上当。这时女人已经把市女笠摘了下来，我牵着她的手向竹丛深处走去。来到那棵杉树旁，女人一见丈夫被绑在树根旁，不知什么时候已经从怀里掏出一把闪亮的小刀。我还从来没见过性格如此刚烈的女人。如果这时我麻痹大意，她大概会一刀捅进我的腹部。即使我闪身躲过，她还会接连不断地猛力砍过来，难说会受怎样的伤。但我毕竟是多襄丸，不用拔刀，也终于把她的小刀打落在地。不管怎样烈性的女人，手中没家伙也无能为力。我终于如愿以偿，既没有夺取男人的性命，又占有了这个女人。

用不着夺取男人的性命……是的，我本来就不打算杀他。但是，就在我扔下趴在地上哭泣的女人逃往外面的时候，女人突然发疯似的紧紧抓住我的胳膊，断断续续地叫唤起来。仔细一听，原来她说，你们两人必须死一人，要不你去死，要不我丈夫去死，让我在两个男人面前如此丢人出丑，这比死还要痛苦。她气喘吁吁地说，你们当中必定要死掉一个，死哪一个都行，我跟随活着的那一个过日子。这个时候，我顿起杀心。（一种阴沉的兴奋）

我这么说，你们一定认为我这个人比你们残酷吧。不，这是因为你们没见过那个女人的容貌，尤其是没见过那一瞬间她火焰般燃烧的眼睛。我和她目光相遇的时刻，就决心哪怕天打五雷轰，也一定要夺其为妻。夺其为妻……我只有这一个念头。这并非你们所想象的那种下流的情欲。如果当时除了情欲，没有其他任何想法的话，我完全可以一脚踢开女人，逃之夭夭。那个男人也就不会血染利刃。然而，在昏暗的树丛中，我凝视着女人的一刹那间，就意识到自己非杀他不可，不然无法离开此地。

但是，即便是杀人，我也不想采用懦弱卑怯的手段。我解开他身上的绳子，说："决斗吧！"（那根绳子扔在杉树根旁，我忘记收回了。）他勃然作色，操起长刀，也不说话，怒不可遏地扑将过来。决斗的结果，就不用我说了吧。在第二十三回合，我的长刀刺穿了他的胸部。请你们记住——第二十三回合。我至今还非常佩服，因为能和我交锋二十回合的，天下只有那一个男人。（开心的微笑）

他倒地的时候，我提着血染的长刀，回头看女人。可是……怎么回事？那个女人竟然不知去向。她逃到哪里去了呢？我在杉树丛中寻找。地上的竹叶上没有留下她的任何痕迹。我竖起耳朵倾听，只有那个男人的喉咙发出的濒死之声。

也许那个女人在我们开始决斗的时候，就钻出竹林逃到外面，喊人前来救命——这么一想，我觉得性命有危险，便拿着抢来的长刀、弓箭，返回刚才的山路。女人的坐骑还在那里悠闲地吃草。后来的事情，不说也罢，说了也没用。只是我进京之前，

就把长刀处理掉了。我的招供就是这些。反正我总有一天要悬首树上示众的，那就将我处以极刑吧。（态度傲然）

女人在清水寺的忏悔

那个身穿蓝色水干的男人将我凌辱以后，看着被绑在树下的我丈夫，露出嘲讽的笑容。我丈夫的心一定在滴血。可是他越挣扎，身上的绳子就捆得越紧。我情不自禁跌跌撞撞地跑到丈夫身旁。不，我是想奔上前去。但是，那个男人冷不防一脚把我踹倒。就在这个瞬间，我看见丈夫的眼睛里放射出一种难以言喻的光芒。真的难以言喻——我只要一想起那双眼睛，至今还不由自主地浑身颤抖。他说不了话，但那一瞬间的眼神把心中的一切传递给了我。我感觉那闪耀的眼神既不是愤怒也不是悲哀——只是对我的轻蔑和冷酷。我虽然被男人踢倒，但丈夫的眼神更把我击倒，我忘乎所以地叫喊着，终于昏厥过去。

等我苏醒过来，那个身穿蓝色水干的男人已经不知去向。只有我的丈夫还被绑在树根旁。我费劲地从竹叶上爬起来，凝视着丈夫。他的眼神没有丝毫变化，在冷酷的蔑视中透出憎恨。羞耻、悲哀、愤怒……不知该如何表达当时我心中的感受。我摇摇晃晃地站起来，走到丈夫身旁。

"事已至此，我已无法和您继续厮守。我唯有一死表明心迹。但是……您也要死。您亲眼目睹我蒙受的耻辱，所以不能让您独自留在世上。"

我竭尽全力说完这些话，但丈夫依然只是用憎恶的目光盯着我。我忍受着撕心裂肺的痛苦，寻找丈夫的长刀。可是大概被那个强盗拿走了吧，不仅是长刀，连弓箭都遍寻不见。幸好那把小刀掉在我的脚下。我举起小刀，再次说道："请把您的性命给我。我也会立刻随您而去。"

丈夫听完，勉强动了动嘴唇。因为嘴里塞满竹叶，听不到他的声音。但我看着他的嘴形，立即领悟了他的意思。他满含鄙视地说了一句："动手吧！"我几乎是丧失理智的疯狂状态，猛然把小刀扎进他浅蓝色水干的胸口处。

这时,我大概又昏厥过去了。等我苏醒过来的时候，环顾四周，只见丈夫依然被捆绑在树上，已经咽气。夕阳透过混杂着竹子的杉树林，将一缕余晖洒在他苍白的脸上。我强忍哭泣，解开尸身上的绳子扔掉。后来……后来我做什么了？我已经没有力气讲述。总之，我已经没有力气终结自己的生命。我用小刀扎进自己的喉咙，也跳进过山脚下的池塘里，尝试过各种方法，但都没有死成，还活到了今天，这也不值得炫耀。（凄凉的微笑）像我这样一个

窝囊废,大概连大慈大悲的观音菩萨也会弃而不顾吧。我该如何是好?我究竟……我……(突然失声啜泣)

鬼魂借女巫之口的叙述

强盗凌辱妻子以后,坐在她身边,百般劝慰她。我当然不能开口说话,身子被捆绑在杉树的树根旁。但是,我好几次给妻子使眼色,想告诉她对此人的话千万不要信以为真,全是一派胡言。但是,妻子无精打采地坐在竹叶上,一直低头看着自己的膝盖。看这模样,我觉得她在认真听着,嫉妒之火在心里剧烈燃烧。强盗花言巧语,蛊惑引诱,说什么既然失身,跟丈夫就不可能相敬如初,与其这样跟着他,莫如做自己的妻子。最后强盗竟然大胆无耻地说道:正因为我对你一见倾心,才做出无法无天的事情。

听了强盗的话,妻子出神地抬起脸。这一刻,我仿佛从未见过妻子如此漂亮的容颜。然而,貌美如花的妻子当着被捆绑的丈夫的面会怎么回答强盗呢?即使我仍在阴间的中有[①]徘徊,但只要一想起妻子当时的回答,就怒火中烧。妻子对强盗这样说道:"那

---

① 亦称中阴。佛教的四有之一,指人死后至转生之前的状态,为四十九天。

你带我走吧,哪怕到天涯海角。"(长长的沉默)

妻子的罪恶不仅仅是这个,否则,我在黑暗的阴间也不会如此苦不堪言。当妻子仿佛在迷幻中被强盗牵着手朝树丛外走去的时候,她突然脸色煞白地指着我,发疯一样再三再四地尖声叫喊:"杀了他!只要他活着,我就不能跟你走!"这句话如一道凌厉的暴风,至今还把我推落在黑暗的无底深渊。这种阴险恶毒的话是从人的嘴里说出来的吗?有谁听过这种阴险恶毒的话吗?哪怕是一次……(嘲笑突然迸发而出)连强盗听到这句话也大惊失色。"杀了他!"妻子叫喊着抱住强盗的手臂。强盗目不转睛地看着妻子,不置可否,默不作声。就在这僵持之间,强盗一脚把妻子扫倒在地,(再次迸发出嘲笑)然后平静地交抱双臂,看着我,问道:"这个女人怎么发落?是杀?还是留她一条命?你只要点头回答就行。杀吗?"……就凭这句话,我想宽恕强盗的罪行。(又是长长的沉默)

妻子在我犹豫不决的时候,大叫一声,拔腿向树丛深处迅速跑去。强盗也机敏地扑上去,但好像连袖子都没有抓到。我只是看着眼前发生的这一幕,似乎不敢相信。

妻子逃跑以后,强盗拿起长刀和弓箭,把捆绑的绳子割断一处。"现在该我了……"我记得在强盗走到树丛外面不见身影的时候,我这样自言自语。四周十分寂静。不,好像有人哭泣。我

一边解绳子一边竖起耳朵，仔细一听，原来是自己的哭声。（第三次长长的沉默）

　　我筋疲力尽，好不容易从树根旁站起来。妻子掉落的那把小刀在面前闪闪发光。我拾起来，猛然一刀扎进自己的胸部。一团血腥的东西涌到嘴里，却感觉不到丝毫的痛苦。只是胸口逐渐冰冷下来，觉得四周更加寂静无声。啊，多么宁静啊！这后山树丛的上空，听不见小鸟的鸣啭，只有杉树和竹子的枝头游荡着凄冷的阳光。阳光……也逐渐变弱……连杉树和竹子也看不见了。我躺着，四周包裹着深邃的静谧。

　　这时，有人蹑手蹑脚地来到我身旁。我想看看他，但是，我的四周已经被昏暗笼罩。是谁？……这个我看不见的人，伸手轻轻拔出我胸膛上的小刀。与此同时，我的口中又涌出一股鲜血。我就此永远坠入中有的黑暗里……

报恩记

芥川龙之介
1892—1927

生于东京。东京大学英文科毕业,是参与第三、第四次《新思潮》杂志复刊的代表人物之一。在该杂志上发表《鼻子》,受到夏目漱石的认可,确定在文坛的地位。多创作历史题材的短篇小说,文体理智而富有技巧。35岁时在田端自宅中自尽。此篇发表于1922年的《中央公论》。

阿妈港甚内的话

我名叫甚内。至于姓嘛——嘿嘿,人们一直叫我阿妈港甚内。阿妈港甚内——你也听说过这个名字吗?哎呀,用不着大惊小怪。我就是你所知道的那个大名鼎鼎的盗贼。不过,今天晚上我到这儿来,不是来偷盗,这一点请放心。

我听说你在日本的伴天连^①中是一位品德高尚的人。如此说来,你与被冠以盗贼之名的我在一起,哪怕只是一会儿工夫,恐怕也觉得不愉快吧。其实,我这个名字也不尽是盗贼之名,这实在出乎意外。曾经在聚乐第^②受到召见的吕宋助左卫门^③的一个掌柜也叫甚内;利休居士爱不释手的"赤头"净水罐的赠送者——

---

① 基督教传入日本时,日本人对外国传教士(牧师、神父)的称呼。
② 丰臣秀吉在京都建造的城廓式宅邸,1587年竣工,是桃山文化的代表性建筑。
③ 日本战国时代和泉国堺港的贸易商人。最初在茶艺大师今井宗久的"菜屋""鱼屋"等仓库工作,后渡海到达吕宋。

连歌师的原名听说也叫甚内;还有,两三年前撰写《阿妈港日记》一书的在大村①一带担任通辞②的作者不是也叫甚内吗?此外,在三条河原的那起事件中救了甲比丹③玛尔德纳德一命的虚无僧,还有在堺港的妙国寺门前销售南洋草药的商人……要说出他们的名字,肯定都是叫某某甚内。哦,当然最重要的是,去年将装有圣母马利亚指甲的黄金舍利塔奉纳给圣方济各教堂的,应该也是那个名叫甚内的信徒。

然而,很遗憾,今晚我没有时间一一细述他们的行状。我只是想请你相信阿妈港甚内与世间的普通人没什么两样。是吗?那我就尽量简明扼要地叙述我的来意。我是来请你为一位亡灵做弥撒的。不,这个人不是我的亲戚,也不是被我血刃之徒。你问他的名字?这名字嘛——嘿嘿,我不知道是否应该说出来。为了他的灵魂——或者说为了这个名叫"保罗"的日本人请求祈祷冥福。这不行吗?噢,我知道,受我这个阿妈港甚内的委托,你是不会轻易答应的。不管怎么说,我先说一遍事情的来龙去脉。但你必须承诺此生此世不告诉别人。尽管你胸前挂着十字架,我还是要问:你一定能守信吗?——请你原谅我的失礼。(微笑)我一个

---

① 长崎县大村湾东岸的城市。中世为大村氏的城下町,因基督徒大名大村纯忠开展与葡萄牙的贸易而繁荣。
② 即通事。特指江户幕府在长崎从事翻译或贸易事务的官员。
③ 江户时代从欧洲来日本的外国船只的船长。

盗贼，竟然怀疑你这个伴天连，实在是不知天高地厚。不过，如果你不守约（忽然郑重其事地），即使不被地狱之火焚烧，也会遭到现世的惩罚。

那是两年多以前的事情。一天深夜，寒风呼啸，我化装成一个行脚僧，在京城的街头转悠。这种转悠，并非始于当夜。从五天前开始，每晚初更过后，我就到街上悄悄地窥视各户人家。我的目的当然十分明确，自不待言。尤其那时正打算出洋去摩利迦①一段时间，所以更需要一笔钱。

街面早已没有行人，星光璀璨的天空下只有狂风一刻不停地呼叫。我沿着昏暗的屋檐下前行，顺着小川通②下行，拐过一道十字路口的时候，忽然看见一处很气派的宅邸。这是京都著名的北条屋弥三右卫门的主宅。虽然同样都是做海上生意，但北条屋终究比不过角仓。不过也有一两艘船跑暹罗、吕宋，算得上富甲一方吧。我并非事先盯上这户人家而奔来的，但既然恰好碰上了，便起心捞它一把。我刚才说过，这一夜月黑风高——对我们这一行买卖来说正是天赐良机。我将竹笠和行杖藏在路边的蓄水桶后面，一翻身越过高墙。

你听听街头巷尾的那些传闻吧，都在说阿妈港甚内会隐身

---

① 原为西班牙民间故事的题目，大概是女子的名字。芥川将其作为地名使用。
② 京都市南北走向的道路，据说由丰臣秀吉修建。

术——不过，你不会像俗人那样信以为真。我既不会隐身术，恶魔也没有把我视为同伙。只是在阿妈港的时候，向葡萄牙船上的一位医生学过一些物理学。要说在实践中有用的话，就是可以扭断大铁锁、拨开沉重的门闩，都是轻而易举之事。（微笑）这些先前未曾有过的偷盗本领——在日本这个未开化的国家，跟十字架、洋枪一样，都是从西方传进来的。

没费什么功夫，我就进入北条屋的家里。走到黑暗的走廊尽头，令我吃惊的是，这半夜三更的，居然有一间小屋子还透出灯光，而且还有谈话的声音。从外表上看，无疑是一间茶室。"寒风品茶夜"——我不禁苦笑一下，蹑手蹑脚地走过去。实际上，我倒不觉得他们妨碍我的工作，反而勾起我的好奇之心——想看看在这情趣盎然的茶室里，主客是如何享受风雅茶道的？

我贴在隔扇外面，果然听到锅里开水沸腾的声响。然而，还意外地听见有人一边诉说一边哭泣的声音。这是谁呢？——不用听两遍，我就知道是一个女人在哭泣。在这样的大户人家的茶室里，一个女人半夜哭泣，此事非同寻常。我屏息凝神，从恰好没有关严的隔扇的缝隙间窥视室内。

在座灯的映照下，可以看见壁龛上挂着看似古旧的斗方，悬挂在壁柱上的容器里插着经霜的菊花。整个茶室飘溢着清雅幽寂的气氛。壁龛前面坐着一位老人——他恰好面对着我，大概是主人弥三右卫门吧。他身穿细藤蔓花纹和服外褂，双臂互抱，看上去似乎在专注倾听锅里开水沸腾的声音。他的下首，坐着一位气质端庄、梳着插簪高髻的老太婆。我只能看见她的侧面，她正不时拭泪。

我心想，尽管生活富裕，但看来也有难处——于是我不由自主地露出微笑。这微笑倒不是因为对弥三右卫门夫妇心怀恶意。像我这种臭名昭著四十年的人，对别人——尤其是对幸福者所遭遇的不幸，会自然而然地发出会心的微笑。（露出残酷的表情）那时我面对这对老夫妻的悲叹，如观赏歌舞伎般觉得赏心悦目。（冷笑）但是，并非就我一个人如此。看看草纸[①]，似乎谁都喜欢看悲惨伤心的故事。

过了一会儿，弥三右卫门叹息道："既然已经到了这个地步，哭着喊着也无济于事。我决心明天就遣散全部店员。"

这时，一阵狂风刮来，摇晃着茶室，淹没了声音，所以我没有听清弥三右卫门夫人说些什么。只见主人点点头，双手叠放在膝盖上，抬眼望着竹编的天花板。浓眉、凸出的颧骨，尤其那细长的眼角……这长相，越看越觉得在哪儿见过。

"主，耶稣基督啊，请在我们夫妇心里赐予您的力量吧……"

弥三右卫门闭着眼睛开始轻声祷告。老太婆似乎也跟着祈求

[①] 日本江户时代的绘图小说。

上帝的保佑。我目不转睛地凝视着弥三右卫门，就在又一阵寒风呼啸吹来的时候，二十年前的往事猛然袭上心头。我在记忆中清清楚楚地捕捉到了弥三右卫门的身影。

二十年前的往事——无须细述，只说一个简单的事实，就是我渡海去阿妈港的时候，有一位日本船长救我性命于危难之中。当时未曾互通姓名，而现在我所见到的这个弥三右卫门，无疑就是当年的那位船长。我对这巧遇感到吃惊，同时仍然注视着这个老人的脸膛。他宽厚壮实的肩膀、手指粗大嶙峋的手掌，如今仿佛依然散发着珊瑚礁的气息和白檀山的味道。

弥三右卫门做完长长的祷告，平静地对老太婆说道："你应该这么想，发生的所有事情都是上帝的安排——好了，锅里的水开了，你去泡一壶茶，怎么样？"

老太婆仿佛再次忍住涌出的泪水，用几乎听不见的声音说道："好的……可是，心里总觉得难受……"

"好啦，又发牢骚了。北条丸的沉没，鸡飞蛋打，血本无归，都是……"

"不，我说的不是这件事。我在想要是儿子弥三郎还在身边的话……"

听到这儿，我再次微微一笑。不过，这并非因为我对北条屋的遭遇幸灾乐祸，而是为自己"报恩的机会来了"而高兴。我，我这个逃犯阿妈港甚内也能堂堂正正地报恩了，为此而感到高兴……不，除了我，大概无人知道这种高兴。（讥讽地）世上的行善者实在可怜，因为他们虽然从来没做过坏事，却根本不知道行善到什么时候，才能生出高兴的心情。

"你说什么？那个畜生，不在眼前倒让我好过一些……"弥三右卫门一副厌恶的表情，把目光移向座灯，"那家伙花了那么多钱，要是有这些钱，说不定这次还能应急。一想到这里，断绝关系就……"

弥三右卫门说到这里，突然吃惊地盯着我。他的吃惊在所难免，因为我此时已经悄无声息地拉开了隔扇。而且我是一身行脚僧的打扮，摘下竹笠后，头上裹着南蛮头巾。

"你是什么人？"

弥三右卫门虽已年老，却瞬间站起来。

"不，不必惊慌。我叫阿妈港甚内……噢，请放心，我是一个盗贼，但今晚突然造访贵府，其实另有缘故……"

我一边摘下头巾，一边在弥三右卫门面前坐下来。

此后的事情，我不说，你大概也可以猜得出来。我为了救弥三右卫门于危难之中，承诺三天之内为他筹集六千贯[①]银子，保证按时送到，以报答昔日救命之恩……哎，门外好像有脚步声。

---

① 旧钱币单位。江户时代，960 文为 1 贯。

那么今晚就到此为止吧。明后天晚上我再偷偷来一次。即使南十字座在阿妈港的天空耀眼闪烁，可是在日本的夜空始终无法看见。如果我不能像南十字座那样在日本隐匿身形，也就对不起今夜特地前来要求做弥撒的保罗的灵魂。

什么？你问我如何逃走？你无须担心。这高高的天窗、大大的壁炉，我都可以出入自由。顺便拜托一下，为了恩人保罗的灵魂，这些话切莫告诉他。

北条屋弥三右卫门的话

伴天连，请倾听我的忏悔。您大概也已知道，最近世间盛传有一个名叫阿妈港甚内的大盗。曾住在根来寺的高塔上，偷窃杀生关白①的长刀，还远在海外打劫过吕宋的太守，都是此人所为。或许您还听说，此人终被捉拿归案，在一条归桥②旁边枭首示众。我曾蒙受阿妈港甚内之大恩，然而正因为这个大恩，使我遭受如今难以言喻的不幸。请您听我道出端详，祈求上帝可怜，饶恕北条屋弥三右卫门这个罪人吧。

---

① 丰臣秀次的绰号。因其行径暴戾，人们以"摄政关白"的谐音"杀生"对其讽刺。
② 位于京都一条大路上的一座桥，许多传说以此桥为背景。

两年前的冬天，接连几天的海上风暴，使我的船北条丸在惊涛骇浪中沉没，家财荡然无存——再加上其他各种事情，最终落得北条屋一家四分五裂的下场。您也知道，干我们这一行的，只有买卖人的关系，没有真正的朋友。如此一来，我们的家业如同被卷进旋涡里的小船，顷刻之间便翻覆沉入海底。一天夜里——我对那天夜里发生的事情依然记忆犹新——寒风呼啸，我们夫妇俩坐在那间茶室里聊天，直至深夜。这时突然进来一个人，云游僧打扮，裹着南蛮头巾。此人就是阿妈港甚内。我自然是又惊又怒。听甚内说，他潜入我家原本是为了偷盗，见茶室有亮光，还听见有人说话，便从隔扇缝里窥视，发现我原来是二十年前曾救过他一命的恩人。

他这么一说，我记起来是有这么回事。二十年前，我还在阿妈港航线上的弗思塔[①]上当船长。有一次，船正靠岸停泊的时候，曾救起一个连胡子都没长几根的日本小伙子。当时他说，自己酒后打架，失手打死一个人，被追得无路可走。此时我才知道，这个小伙子就是如今赫赫有名的盗贼阿妈港甚内。他这么一说，我觉得他没有撒谎，好在家人已经睡觉，便询问他的用意。

甚内说，为报答二十年前的救命之恩，他想尽其所能，在北条屋紧急危难时助一臂之力，问我当前需要多少银子。我不由得

[①] 16世纪至17世纪从事贸易活动的葡萄牙小帆船，船身细长，吃水浅。

苦笑一下，让盗贼筹款真是可笑至极。即便是众人皆知的大盗阿妈港甚内，如果有这么多钱，也不会上我家来偷盗了。但是，当我说出所需的银子数目后，他二话不说，一口承诺下来，侧头说道，今天晚上来不及了，等我三天，一定办到。可是，我需要的是六千贯的一笔大钱，他真的能办到吗？我觉得不靠谱。当时我的想法，与其说寄希望于万一，不如说已做好不抱任何希望的思想准备。

当天晚上，甚内在我家里悠然品茶，然后冒着寒风回去。第二天，不见他来。又过了一天，依然不见人影。到了第三天——这天下着雪，入夜以后，仍无消息。我刚才说对甚内的承诺本来就不抱希望，可还是没有遣散店员，其实心里还是存在侥幸的想法，期待着万一的可能性。第三天晚上，我坐在茶室里，眼观座灯，却竖起耳朵倾听外面积雪压折树枝的声音。

三更过后，茶室外的院子里忽然传来有人扭打的声音。掠过我心头的自然是甚内的安全。莫非他被捕快抓住了？——这个想法一下子蹦出来。我立即打开朝向院子的隔扇，举起座灯一看，只见有两个人在茶室前面的厚厚积雪上扭打在一起，竹子被压倒一片。这时，其中的一个人推开扑上来的对手，钻进树荫里，朝墙壁逃去。接着是积雪掉落的声音、翻越墙壁的声音——然后，一切归于平静。大概已经翻墙逃走了。然而，被推开的那个人并没有追上去，他一边掸落身上的雪，一边平静地走到我的面前，说道："是我，阿妈港甚内。"

我大吃一惊，呆呆地看着他。他当晚仍然裹着南蛮头巾，身穿袈裟法衣。

"哎呀，惊扰了。希望没有打扰你们的休息……"甚内走进茶室，苦笑一下，说道，"是这样的，刚才我悄悄进来的时候，发现有人正要爬到地板下面，于是想抓住他，看看是什么人，结果还是让他逃走了。"

我原本担心他遇到官府的捕快，便问他对方是否官差。他说什么官差啊，就是一个小偷。盗贼抓小偷——真是奇闻。这回我不由得苦笑起来。不过，比起小偷来，我担心的是他是否带银子来。甚内看出我的心思，不等我开口，便悠然解开腰兜，掏出一包包银子摆放在火炉前。

"你放心，筹措到了六千贯——其实昨天就已经搞到大部分，只差二百来贯，今晚给你送来。请你收下吧。昨天筹措的那些银子，趁你们两口子没注意，我已经放在茶室的地板下面了。今天晚上来的那个小偷，大概是因为探出点什么了吧。"

我听了这话，仿佛是在做梦。接受盗贼的钱财——现在用不着问您，我也知道这样做不对，不过当时我对他能否弄到这些钱半信半疑，就没有考虑到善恶之事。而且现在看来，我并没有断然拒绝。再说了,要是我不接受的话,不仅我一个人,我们全家都要流落街头。所以请您体谅我当时的心情。于是我恭恭敬敬地双手着地,对着甚内啼泣致谢,一句话也说不出来……

之后两年里,我没有听到甚内的消息。我们一家人没有四分五裂,日子安然无恙,这一切都是甚内的恩典。所以我总是向圣母马利亚祈祷,保佑他平安无事。可是,最近街谈巷议说甚内被官府抓捕,而且在归桥枭首示众。我大吃一惊,暗地里落泪。但想到他恶有恶报,也无话可说。甚至觉得他多年未受上天惩罚,本身就不可思议。但是,既然他有恩于我,我还是想悄悄地为他祈祷冥福——我就是这么想的。今天没带老伴,独自来到一条归桥看一眼他的头颅。

来到归桥下,只见人头攒动,众人围观。记述罪状的白木牌、看守人头的差役,与往常别无二样。三根竹子搭成的架子上,放着一颗人头——啊,这血淋淋的人头多么凄惨可怕啊!我在吵吵闹闹的人群中看了一眼那苍白的人头,立刻呆若木鸡。这不是他的头颅,不是阿妈港甚内的头颅。浓眉、凸出的颧骨、眉间的刀疤——一点也不像甚内。然而——我突然大惊失色,仿佛灿烂的阳光、周围的人群、竹子上的头颅都消失在遥远的世界里。这不是甚内的头颅,而是我的头颅!是二十年前的我——救甚内一命那时候的我的头颅。"弥三郎!"只要我的舌头动弹一下,也许会这样叫起来。但是，我不但发不出声音，而且浑身像打摆子一样发抖。

弥三郎！我仿佛在梦幻之中盯视着儿子的头颅。头颅略微仰起，半睁半闭的眼睛死死地看着我。这是怎么回事？怎么把自己的儿子错当成甚内呢？但只要仔细想一想，应该不会产生这样的差错。难道阿妈港甚内就是我的儿子吗？到我家里来的是冒名顶替甚内的假云游僧吗？不，不可能。能在三天之内，一天不差地筹措到六千贯银子的，日本之大，除了甚内，还能有别人吗？于是，我心中猛然浮现出两年前的雪夜与甚内在院子里扭打的那个人的身影。那人是谁呢？说不定那是我儿子呢？如此想来，虽然当时只看了一眼，但身姿形态似乎很像我的儿子弥三郎。但会不会是我意乱神迷的错觉呢？如果真的是我儿子——我仿佛大梦初醒，目不转睛地注视着头颅，感觉那发紫的半张的嘴唇上还留着一丝微笑。

首级面带微笑——您听了也许觉得很可笑。连我当时也以为是眼睛的错觉。但是我反复认真凝视多次，发现那干涸的嘴唇上的确漾着明朗的微笑。我久久地注视这不可思议的微笑。于是，我的脸上也不由自主地浮现出微笑。然而，浮现出微笑的同时，我的眼睛也情不自禁地渗出滚烫的泪水。

"父亲，请原谅我……"那微笑在无言中诉说，"父亲，请原谅我的不孝之罪。两年前的那天雪夜，我想向您谢罪，便偷偷回到家里。因为白天怕被店员看见不好意思，因此特地打算等夜深人静以后再去您的寝室见您。然而，就在我看见茶间里还有灯光，怯生生走过去的时候，不知什么人突然一言不发地从背后紧紧抱住我。

"父亲，后来发生的事情，您都知道了。由于事出意外，我看见父亲之后，一把推开对方，翻墙逃出。但是，从雪光中看那个人，像是云游僧，觉得奇怪。见无人追来，我又翻墙回到院子里，大着胆子再次悄悄来到茶室外，从拉门外偷听你们的谈话。

"父亲，甚内救了北条屋，是我们全家的恩人。于是我决心甚内一旦有难，要挺身相救，哪怕舍弃身家性命，以此报答他的大恩。而且，只有我这个已经被逐出家门的浪子才能报答这个恩。在这两年里，我一直等待机会——这机会终于来了。请原谅我的不孝，我已经变成一个恶徒，但报答了全家的大恩人，这一点让我感到宽慰……"

我在回家的路上又笑又哭，我赞扬儿子的勇敢无畏。您大概不知道，我的儿子弥三郎和我一样，都已经皈依宗门，为此还得到"保罗"这个教名。然而——然而，儿子是一个不幸的人。不，不单是我儿子，如果阿妈港甚内不救我全家脱离苦海，我今天也不会这样悲叹。尽管对人生依然留恋,但这一点令人心痛。是一家人没有四分五裂好,还是儿子没有被杀活在世上好?——(突然痛苦地)救救我吧!我这样活下去,也许会仇恨大恩人甚内呢……(长久的唏嘘)

保罗弥三郎的话

啊,圣母马利亚!天一亮,我的头颅就要落地。即使我的头颅落地,我的灵魂还是会像小鸟一样飞到您的身边。不,我坏事干尽,也许不会升入庄严的天堂,只能坠落到熊熊燃烧的可怕的地狱之火里。不过,我心满意足。这二十年里,我的心从来没有这么高兴过。

我是北条屋弥三郎,但示众的首级大概名叫阿妈港甚内。我就是那个阿妈港甚内——有比这更痛快的事情吗?阿妈港甚内——怎么样?多么响当当的名字啊!即使在阴暗潮湿的牢房里,只要嘴里念着这个名字,我的心里就盛开着天堂的蔷薇和百合。

忘不了两年前的冬天,那个大雪纷飞的夜晚。我潜入父亲的家里,为的是偷取一些赌资。茶室里的灯光映照在隔扇上,正想往里窥视的时候，忽然有人一声不响地一把抓住我的衣领。我甩开他，他又抓过来——我不知道他是什么人，但膂力强劲，可见并非寻常之辈。我们扭打两三个回合后，茶室的隔扇打开了，有人举着座灯照看院子，无疑是我的父亲弥三右卫门。我拼命甩掉抓着我前胸的对方，翻墙逃走。

大约跑了半町，我躲在一户人家的屋檐下，观察街道的前后左右。昏暗的街面上大雪皑皑，不时卷起阵阵雪烟，此外看不见来往人影。看来对方没有追上来。他是谁呢？刚才仓促所见，的确是僧侣打扮。但是从强悍的臂力——尤其从熟稔格斗技术来看，绝非普通的和尚。首先，有哪一个和尚在大雪之夜跑到别人家的院子里来呢？这不是很奇怪吗？我思考片刻之后，决定即使充满危险，也要重新潜入茶室外面观察。

过了一小会儿，那个奇怪的云游僧趁着雪停沿着小川通走去。他就是阿妈港甚内。武士、连歌师、商人、虚无僧……他就是可以化装成各种形象的、京城闻名遐迩的阿妈港甚内。我紧跟其后，心中怀着从未有过的激动兴奋。阿妈港甚内！阿妈港甚内！我曾在梦中多少次憧憬向往他的英姿啊！偷窃杀生关白长刀的是他，骗取暹罗店铺里珊瑚树的是他，割取备前宰相家沉香木的是他，夺取甲比丹的佩雷拉钟表的也是他，一个晚上进入五座土仓偷盗的也是他，砍死八个三河武士的也是他——另外还干了不少能世代流传下去的罕见的坏事，什么时候都是这个阿妈港甚内。而现在，这个阿妈港甚内斜戴着竹笠，就在我前面踏着昏暗的雪地往前走——能看到他这个形象就是幸福，但我还想获得更大的幸福。

当我走到净严寺后面时，便一口气追上甚内。这一带没有住家，都是长长的土墙，即使在白天，也是避人耳目的好去处。甚内见了我，并没有什么惊讶的表情，平静地停下脚步，拄着行杖，默不作声，似乎在等我开口。我胆战心惊地朝他跪下，双手着地行礼。可是看一眼他那沉着镇静的面容，竟发不出声来。

"恕我失礼，我是北条屋弥三右卫门的儿子弥三郎……"我脸颊发烧，好不容易开口说道，"其实我有一个小小的请求，才仰慕您，追随而来……"

甚内只是点点头，并不说话。但这就已经让气量狭小的我激动不已，给我以勇气。于是我依然跪在雪里，把被父亲逐出家门、如今沦为无赖、今晚打算去父亲家偷钱、不意遇见甚内、偷听甚内与父亲谈话等事情简明扼要地全盘相告。甚内依然一言不发，只是冷冷地看着我。我说完以后，双膝前移，看着他的神色。

"北条一家受到您的大恩，我也是受恩之人。此恩没齿不忘，为此，我决心当您的手下。您就使唤我吧。我会偷窃，也会放火，大致的坏事，我干起来比别人毫不逊色……"

但是，甚内仍不作声。我心情激动，更加热心地表白："您就使唤我吧。我一定为您卖命。京城、伏见、堺、大阪——我都了如指掌。我一天能跑十五里[1]，单手能举起四斗俵[2]，也杀过两三个人。您就收了我吧。无论您叫我干什么，我都在所不辞。您让我去偷伏见城的白孔雀，我就去偷；您让我去烧圣方济各教堂的钟楼，我就去烧；您让我去诱拐右大臣家的小姐，我就去诱拐；您让我取下奉行[3]的首级……"

没等我说完，他突然一脚把我踹倒在雪地上。

"浑蛋！"

甚内大喝一声，准备继续往前走。我发疯般抓住他的法衣下摆。"收下我吧！无论什么时候，我都不会离开您。赴汤蹈火，在所不辞。《伊索寓言》中不是还有老鼠报恩救狮子的故事吗？我就做那只小老鼠。我……"

"住嘴！我甚内不接受你的报恩。"他使劲甩开我，再一次把我踢倒，吼叫道，"你这个赖小子，好好去孝敬你父母吧！"

我第二次被他踢倒以后，一种委屈感猛然涌上心头。"瞧着吧，我一定要报恩！"

---

[1] 日本长度单位，1里约为3.92公里。
[2] 日本重量单位，1俵约为60千克。
[3] 武家时代的职务，掌管治安、法律。江户时代在中央与地方设置寺社、町、勘定等奉行。

但是，甚内头也不回，踩着积雪匆匆而去，竹笠在不知什么时候露出来的月光中泛着淡淡的光……此后两年里，我一直没见到甚内。（忽然一笑）"我甚内不接受你的报恩"……这是他说的。可是，天一亮，我就要代替他上刑场。

啊，圣母马利亚！这两年里，我为了报恩，不知吃过多少苦。是为了报恩吗？——不，与其说是报恩，不如说是雪恨。可是，甚内在哪里呢？他在干什么呢？——有谁知道呢？甚至没人知道甚内是怎样一个人。我见到的那个假云游僧是四十岁左右的小个子。在柳町的花街柳巷，他是一个不到三十岁的、红脸有胡子的浪人；大闹歌舞伎戏院的据说是一个驼背的红毛鬼；打劫妙国寺财宝的据说是垂着刘海的年轻武士——如果他们都是甚内，那么要识别其人的真实面目，则非人力所能为。而从去年年底开始，我已经患病，开始咳血。

无论如何要报仇雪恨——我的身体日益消瘦虚弱，却一心想着这件事。有一天，我突然灵机一动，计上心头。圣母马利亚！圣母马利亚！一定是您的大慈大悲让我想出这样的计策。只要我愿意舍得这身皮肉，这因咳血而极度衰弱的皮包骨头的身体，就能实现我的夙愿。这天夜晚，我异常高兴，独自发笑，不断地重复这样一句话："我代替甚内上刑场。"……

代替甚内上刑场——这是多么美妙的事情啊！如此一来，甚内的罪恶自然也和我一起完全消失——从此以后，甚内在整个日本都可以堂堂正正地昂首阔步。而我取代他（再次发笑）——取代他，在一夜之间成为一代大盗。吕宋助左卫门的掌柜、割取备前宰相家的沉香木、利休居士的朋友、骗取暹罗店铺里的珊瑚树、撬开伏见城的金库、杀死八个三河武士——我将悉数夺取甚内的所有荣誉。（第三次发笑）就是说，我既帮助甚内，同时也扼杀甚内的大名；我既报一家之恩，同时也为自己复仇雪恨——天下没有比这更痛快的回报了。那天夜里，我自然高兴地笑个不停。即便是现在，在这牢房里，我都憋不住地笑。

计策既定，我便进宫偷盗。黄昏时分，夜色尚浅，我依稀记得，当时帘子那边灯影闪动，淡淡映照出松林中的繁花……我从长长的回廊顶棚跳下无人的宫院，如我所愿，立刻被四五个警卫的武士捕捉。把我按在地上的胡子武士一边用绳子紧紧捆绑我，一边嘟囔道："这回终于把甚内逮住了。"是啊，除了阿妈港甚内，谁敢潜入宫中行窃呢？听他这么一说，我拼命挣扎的同时，不由得露出微笑。

"我甚内不接受你的报恩。"他是这么说的。但是天一亮，我就要代替他掉脑袋。这是多么痛快淋漓的讽刺啊！当我被枭首示众的时候，我等待他的到来。他一定会从我的头颅上感觉到无声的狂笑。这狂笑在说："怎么样？弥三郎的报恩！"——"你已经不再是甚内,这头颅才是阿妈港甚内,才是名扬天下的日本第一大盗!"(笑)啊,快哉!如此痛快之事,一生只有一次。倘若父亲弥三右卫门看见我的首级,(痛苦地)那就请他宽恕我吧。父亲!我患上了咳血之病,即使不被砍头,也活不过三年。请宽恕我的不孝吧。我虽成为恶徒,但毕竟替全家报了大恩……

娘

佐藤春夫
1892—1964

生于和歌山县。庆应义塾大学退学。在《昴》《三田文学》上发表诗歌、小品文。受永井荷风等影响,成为大正时期唯美主义的代表性作家。作品有《田园的忧郁》《都市的忧郁》等。1918年以《指纹》开始涉及推理题材。此篇发表于1926年的《女性》。

此人犹如仙人，具有"神圣的不修边幅"的性格。手指甲长达七八分。因为不断劝我购买白孔雀的雏鸟，使我觉得那天晚上的气氛如同童话世界，格外欢喜，终于说了一句"买这么贵的东西也无所谓"之类的话。然而巧得很，他的售价与我的底价相差一倍多，根本没有商量的余地，这笔买卖就告吹了。这位仙人是鸟店的中介，向我兜售各种小鸟的想法一直没有断过。大约过了一个星期，他向我推荐鹦鹉。

仙人第一次把鹦鹉带来时是这样介绍的：这只鸟能完整地说十来句话，发音准确而微妙，还会长篇大论，尽管不知道说的是什么内容。虽然唱歌只会唱"鸹鸹……鸹鸹……"，但调子自然，这正说明它大有前途。现在还是三岁的幼鸟，只要加以训练，应该可以完整唱一首童谣。这只鸟名叫"罗拉"。接着，仙人让我家的女佣去买来饼干，一边给鸟看一边说："罗拉啊……"

于是，鹦鹉扭动着身体，一边将圆圆的大嘴埋在胸前（一副扭捏作态的模样），一边叫道："罗拉啊！"

这让我想起三十四五岁的太太装腔作势的声音。

仙人说，这是一只雄性鹦鹉，但是我从它的声音以及姿态判断，总觉得是雌性。金太郎（我家巴儿狗的名字）围着大鸟笼一边转一边叫。罗拉对金太郎的凶暴根本不放在眼里。它还学着狗叫应战。金太郎发急了，把脸贴在笼子上，罗拉突然用它那怪异的嘴撞上去，金太郎惊吓得直往后退。罗拉看见金太郎的狼狈相，忽然"呵呵呵"笑起来。

如公鸡打鸣那般，罗拉扬起脑袋，意气洋洋，踩着舞步。然后低头快速转身，尾巴张开如扇子，继续踩着舞步，再次旋转。

仙人看着我的眼神，不失时机地说道：

"怎么样？有意思吧。"

这种买卖多少有点强加于人，而且价格不菲。买了以后，我有点后悔。妻子看穿我的心事，满心不悦地说我还是老样子，人家一捧就犯迷糊，吃亏上当。不过，我觉得这个仙人虽然表面上有点脏兮兮，但还不至于是灵魂被污染的黑心商人，也知道黄冠鹦鹉这个品种一般性情温顺，所以一天半天不叫并不担心。相反，根据我以前饲养别的小鸟的经验，认为好鸟就是聪明的鸟，而且它们的聪明其实是神经质，因此这种鸟需要适应环境，由于周围环境的变化，鸟儿暂时不叫，那是常有的事，过一阵子就好玩了。

虽然这样自我安慰，但罗拉好像对我不亲近，我让它说什么，它根本就不理睬。只有金太郎和乔治吠叫的时候，它才学狗叫。

第二天早晨，据妻子说，罗拉在我睡懒觉的时候，模仿鸡叫声"咯咯咯"，还有人呼唤鸡的声音"哦勒勒"。

阿繁（女佣的名字）说："还有的叫声，听不懂是什么意思。"

"听不懂……说的不是日本话吗？"

"不，是日本话。好像说'我是……'，后面听不懂。"

妻子说："而且，好像是叫'娘、娘'吧。"

"是的。模仿小女孩的声音。"

我问："说得清楚吗？"

妻子说："嗯，我听得也不太明白。"

在我吃早饭的时候，妻子和阿繁轮流向我说明鹦鹉的情况。

吃过早饭，我拿着一片苹果走上二楼，用食物诱惑它，费了老大劲儿才让它叫出一声"罗拉啊"。

这一天我外出一整天，傍晚一回来，长谷川（学仆的名字）就报告说："您回来了……鹦鹉一整天都在说'阿竹、阿竹……'。"

全家人就这样关注着罗拉的动作和说话。过了几天，我们发现罗拉会模仿小孩子的哭声，大家都觉得极像。另外，我们还发现其实它懂得不少话。我把记住的罗拉说的话一一记录下来。

- 罗拉啊。
- 娘——它能说好几种，语调各不相同，有的是撒娇的语气，有的是叫唤的语气，有的是命令的语气。有时候呼喊以后会哭，有时候用不同语调呼喊以后会笑。
- 鸽鸽……鸽鸽……——就这个说得好，有时候只说到"鸽鸽……鸽"就切断了，有时候用非常拙劣的口哨模仿这首童谣的曲调。
- 阿竹——
- 小宝宝——
- 啊，这里也有哟——
- 啊，也掉在那儿了——
- 姑姑——
- 是的啊——
- 我生气了——
- 我乖乖地等（？）——

这些话都像是五岁到八岁之间的女孩子说话的语调。"啊"这个感叹词，其他时候也常说。这些话都相当清晰。

- 哦勒勒——这是呼唤鸡的声音，或者说是母亲哄小孩撒尿的声音。
- 咕咕咕——鸡呼唤小鸡或者母鸡的声音。

- 汪汪汪——狗（大概是小狗的）叫声。
- 笑声。
- 婴儿（其实应该说是三四岁的孩子）的哭声。
- 荒腔走板的歌——吼唱时间相当长，不知所云，声音和音调都是即兴的，无法理解。
- （或有遗漏，基本如此）

其中最拿手的是模仿小孩的哭声，非常逼真。实际上，至今我有时还难以辨别邻居婴儿的哭声和罗拉的模仿。

罗拉似乎喜欢阿繁。只要阿繁上二楼，罗拉就一定会叫唤，或者模仿哭声。我们一家人中，罗拉好像最喜欢阿繁。其实阿繁并没有给它喂过食，都是我和长谷川添加饲料，但罗拉对男性并没有好感。它把脖子伸到鸟笼边上让我的妻子和阿繁抚摸，看上去心里高兴；但男性如果也这样抚摸，它就急忙逃走，甚至连脖子也不靠近鸟笼边。罗拉对男性一点也不亲切，大概因为它以前的主人是女性吧。

"罗拉啊！"

那个声音矫揉造作的太太肯定是它的前主人。这声音与体态丰腴、下巴尖细的女人尽力温柔说话的声音相似。在女性中，罗拉更喜欢阿繁。因为我的妻子身材消瘦，阿繁体态丰满。

罗拉还特别喜欢听附近的孩子们对它说话。他们来到我二楼窗下,只要叫喊一句,罗拉就会说很多话——是的,就是这些孩子后来教罗拉说各种各样的话。罗拉一定是在与孩子相处的环境里长大的,从它的只言片语中也能知道。如此说来,不喜欢男性的罗拉从来不模仿男人的声音——感觉以前所在的家庭里似乎没有男性。

狗叫声,以及从容应对金太郎挑战的样子,说明罗拉一直和小狗亲切相处。它以前所在的家庭大概也有小狗。

有鸡,有小狗,三十四五岁的略微丰腴的母亲养育着几个孩子——孩子吗?有几个吧。居住在东京近郊一个安静的地方,而且这个家庭没有男人。但是,这是一个热闹的家。罗拉会笑,经常笑,用跑调的嗓门唱着莫名其妙的歌,一起欢闹。

"娘"——O'kasan[①]。

"娘"——Oka'san。

"娘"——Okasa'n。

"呵呵呵……"

听到罗拉这样说话,我就会想象出三个女孩子和母亲一起坐在廊下,围着罗拉的黄铜鸟笼,让它模仿不同声调的"娘"的叫

[①] 娘,原文是"オカアサン",发音为"Okasan"。这里是说孩子们在呼喊"娘"的时候语调不同。

法，开怀大笑的情景。

但是，这个家庭只有母亲，没有父亲。没有父亲，却有婴儿——三岁，最多不过四岁的"小宝宝"这时哭起来……

我这样想象着罗拉以前所在的家庭的情景，以表示对它的喜欢，妻子也在努力分辨和解释罗拉只言片语的意思。据她说，罗拉同样说"娘"，但语音语调不尽相同，有时撒娇，有时不太高兴，有时带着颐指气使的语气。模仿孩子的哭声，还有信口开河的歌，我妻子都非常喜欢。当初我买这只鸟，她还抱怨，现在这一茬早就忘到脑后了（……她，我的妻子，没有孩子，时常感叹觉得寂寞）。

总之，罗拉零零碎碎的话语让我想到一个家庭，让我的妻子想到有孩子的生活。

罗拉心情舒畅的时候，就展示着那极具特色的脚和喙，在大鸟笼里爬来爬去，身子倒挂在笼子顶上。

"我乖乖地等。"当它用女孩子温柔的声音说出这句话的时候，那形态与声音反差太大，让我忍俊不禁。

我喜欢罗拉，总想着它，亲自给它喂食。饼干啦，苹果啦，香蕉啦，甜纳豆啦，这些它都爱吃。在喂食的过程中，我新发现罗拉的一个习惯：当我手里拿着食物的时候，即使它嘴里已经叼着食物,也会扔掉,要吃我手里的东西。我把手里所有的东西都给它,它吃完以后,再下到笼底,开始吃刚才自己扔掉的食物——我想,以前的主人在罗拉还没有吃完的时候,就把新的食物递给它。这显然是孩子的做法,而且大概不是一个人,而是两三个孩子围着鸟笼,争先恐后地给它喂食。

"啊,还有。"

"啊,也掉在那儿了。"

这些话一定是在小主人们给它喂食的时候学会的。

罗拉的话语中,除了"罗拉啊"外,几乎没有一句是强迫它学会的,所以它的语调显得自由活泼。正因如此,才给了我们广阔的想象空间,让我们能轻易联想到它是在怎样的场景下学会这些话的。

"小——包——包。"

这的确是咿呀学语阶段的幼童的语调,大概说的是"小宝宝"的意思。这一定是"小宝宝"在"母亲"的怀里来到罗拉旁边,咿呀咿呀重复着"小——包——包"。

罗拉在清晨和下午三点左右心情最好,说话最多。这是孩子们出门去学校或幼儿园以及回家的时间(其实所有的鸟儿在早晨和下午都喜欢鸣啭)。另外,晚上九十点左右,如果有人上楼,罗拉一听见脚步声,就经常叫喊"娘——娘,哇哇哇……",突然哭起来。

这与小孩子睡醒后寻找母亲的声音一模一样。我听了以后,甚至都情不自禁地想对罗拉说:"小宝宝,别哭。"

有母亲,有孩子,还是两三个孩子,甚至还有刚学说话的幼童。这母亲不像是遗孀。即使是遗孀,也应该是新寡,但是罗拉所模仿的母亲的笑声、孩子们的欢闹声,丝毫没有新丧家主的家庭的气氛。即使家主新丧,那么罗拉也应该模仿一点家主——男人的声音啊。不一定模仿家主说话,但至少不会对男性这么冷漠。那个装腔作势叫"罗拉啊"的女性不会是遗孀。但是,她的丈夫平时肯定不在家。

船员!这是国际航线的高级船员的留守家庭!我对自己突发灵感的直觉非常满意。这个男人四十上下,未必是船长,但可能是乘务长。留守家庭的生活相当富裕,孩子们的零食中有足够的点心、水果。罗拉也总是分得一份。母亲和孩子们以小狗、鸡、鹦鹉的陪伴慰藉寂寞,等待着主人的归来。

孩子们对父亲说:"我乖乖地等着。"鹦鹉记住了孩子们经常对父亲说的这句话。

主人偶尔回到家里,忙着疼爱孩子、疼爱妻子,没有时间和鹦鹉交流。应该说,主人一回来,鹦鹉便受到全家人的冷遇,于是鹦鹉既不亲近主人，也不喜欢他。

显然，由于主人是国际航线的船员，这只鹦鹉除了有"阿竹"这个通称外，还有"罗拉"这个洋气的名字。这只鹦鹉在国外就叫"罗拉"，主人把它带回来，作为送给全家人的礼物。

"这只鸟名叫罗拉。"

"噢，是吗？多可爱的名字，罗拉啊。"

可以想象，当时夫妻俩是这样对话的。而且，罗拉被带到日本的时候还是雏鸟，虽然有一个洋名，却似乎不懂外语，于是"罗拉啊"式的语言完全是日语的发音。

还有，罗拉不说"妈妈"，而是说"娘"，这令人无比高兴。最近日本生活水平稍高一点的家庭称呼父母为"爸爸""妈妈"，对此我坚决反对。文学界也有人发表相同的意见，但是我比他们中的几个人更激烈地反对。这不是听起来刺耳或者令人讨厌之类无关大体的问题——有什么必要、有什么理由，要把我们从小就习惯的"爹""娘"的亲切叫法抛弃掉，让孩子们叫"爸爸""妈妈"呢？我完全不能理解。抛弃语言就是抛弃心灵。我小时候就渴望孩子们也拥有一颗与我的父母同样的心灵——我没有孩子，如果有的话，倘若孩子喜欢"爸爸""妈妈"这种单纯的称呼，我甚至觉得还不如让他们叫"阿爹""阿母"。也许我是一个感伤主义者。但是，人有好的感伤情怀怎么就不合适呢？我甚至想说，孩子人生中的第一次呼喊最令人感动，这应该给人生留下最深刻印象的第一句话竟然使用外来语，是完全不能允许的。深知国民与国语之权威的执政者，为什么不严禁、不处罚中产阶层以上的日本家庭的孩子称呼"爸爸""妈妈"呢？

罗拉学会了有教养的孩子们好的语言，满怀感情地用好几种语调呼唤"娘"，这让我高兴。丈夫在外籍轮船上当海员，自然接触到很多外国式的东西，但是母亲让孩子们称呼自己"娘"，让我感觉到这位母亲和这个家庭的温馨文雅。

每天听鹦鹉学话，觉得罗拉最喜欢模仿婴儿的声音，不论是哭声，还是只言片语的歌声，都模仿得很像。这一定是因为罗拉和婴儿待在一起的时间比和其他小孩子的多。其他小孩子已经长大，每天上学，所以在家里的时间只有半天。

大约过了两个星期，那个鸟店的中介仙人又到我家里来，这回向我推销青色的天鹅雏鸟。名字很美，我问这是什么鸟，他也说不清楚。因为是雏鸟，不易分辨，但觉得不像天鹅，说是白色，看上去又是灰色，与其说是白天鹅，似乎只是普通的鹄。不论是多么珍贵的鸟，我也不能老是买，所以没怎么搭理他。

"上一次那只鸟，怎么样？"

也许仙人以为我对上次买的鸟,即罗拉不是很满意。

"罗拉吗?那只很有意思。"

"喜欢说话?"

"嗯,说很多话。"

"那很好啊。"

"可是不会说完整的话,只会说只言片语——说的话听不太懂,这不是鸟的问题,好像是老师的问题。它学的是婴儿的话,所以意思不明白,却很有情趣。"

我把对罗拉的观察、想象和喜爱告诉仙人,并且说罗拉以我无法看见却能明确领会的形式喜欢我们这个家庭,让我的妻子想象自己有好几个孩子,使她的母性得以满足。

仙人说:"这些都不是特地教给它的,而是它自然而然地学会记住的。这是一只好鸟,一只聪明的鸟。它在那一家至少待过三四年,所以无论哭笑,也许多少都带有感情吧?"

"哦……这一点我不知道。"我回答道,"如果仔细听的话,也许会诱发出那样的感情。你说,这罗拉大概不是时常在鸟店里挂出来兜售的那种鸟吧?"

"那不会的,不是。噢,对了,我忘记告诉你了,你瞧那爪和嘴都长得很长吧,如果用什么木片让它咬着,就不会这么长——这也说明,这只鸟的养育条件很好,但没有接受改造。正如你所说的，因为它生活在只有女人和孩子的家庭里。还有，如果挂在鸟店里出售，只要待半个月，就会用蜡烛烧它的嘴，不能让嘴长得太长，这说明这只鸟没有在鸟店里出售过。"

"你的手指甲……"我笑道，"也用蜡烛烧一下，怎么样？"

"留着长指甲不行吗……"仙人故意显示出神仙般的不以为然，瞧向捏着香烟的手指。

我停止开玩笑，继续向仙人讲述我平时的想象。

最后一个疑问是：那个母亲为什么把这只可爱、熟悉而亲切的罗拉卖给鸟店呢？我问仙人，他说不是卖，而是和其他的鸟交换。如果是这样，就说明她并非对所有的鸟都已厌烦，也不是缺钱而变卖。

那么，我认为，我想象中的那位夫人一定失去了她可爱的孩子。这个孩子就是"小宝宝"。罗拉在夜里突然用没睡醒般的声音尖叫起来"娘……哇哇哇……"，接着哭起来。

这个时候，母亲一定无法忍受对死去孩子的思念。除此之外，我想不出夫人把丈夫特地给她带回来的珍贵礼物、她可爱的小女儿们的好朋友罗拉送给别人的理由。如果听到罗拉那与真正的婴儿一模一样的哭声，大概任何人都会和我的想法一样。

我相信自己的想象。这样至少可以不让夫人在留守期间为死去的孩子而心痛。

罗拉来我家已有两个月,她(我无论如何都觉得它是"女孩子")非常逼真地模仿我呼唤金太郎和乔治的口哨声。我喜爱罗拉,她也逐渐和我亲近起来。让我时常担心的是,如果罗拉完全融入我们的家庭,因为我们家没有小孩,她是否会忘掉所模仿的孩子的声音?而且那时候,我想象中的寂寞母亲也会随着岁月的流逝,从失去爱子的悲伤中逐渐摆脱出来。她为了唤起对爱子的怀念,难道不想与真实再现小宝宝声音的罗拉见面吗?而罗拉正在我的家里变成另一只罗拉。

嫌疑

久米正雄
1891—1952

生于长野县。东京大学英文科毕业。与菊池宽、芥川龙之介参与第三、第四次《新思潮》杂志的复刊。师事夏目漱石。1922年发表的代表作《破船》，是根据失恋于夏目漱石女儿的真实体验创作。此篇发表于1914年的《中央公论》。

这件事发生在高中寄宿生进入考试期的两三天里。大概是由于不堪忍受激烈的竞争和学业的压力吧,在东寮走廊的角落发现有人纵火的痕迹。幸亏没有延及建筑物,只是用于引火的浇上汽油的旧报纸和附近的地板有点烧焦了。然而问题波及全寮的寄宿生,大家都各显神通地寻找纵火犯。不过,相关线索至今仍然一无所获。

小林听到这件事,心想自己苦不堪言的时候,也不排除会干这种事。按照现在这样,神经衰弱越来越严重,说不定什么时候就会变得自暴自弃。所以虽然也为宿舍的安全担忧,但更多的是对犯人的心情表示同情。

这说明这次考试对他来说是何等痛苦。本来就不是很聪明,考试前又患上相当严重的神经衰弱,加上每到春末就发作的忧郁症。而且今年家庭的情况几乎让他陷入绝望,一直在郡政府担任文书的父亲突然辞职,原先尚能勉强寄来的生活费一下子断绝了。

小林没有母亲。老家只有年近五十的父亲，独力苦撑十年，一心盼望儿子长大成人。他家境贫困，寄来的生活费交了学费以后，每天几乎剩不下一钱的零花钱，日子过得实在窘迫贫寒。如果能住进学生宿舍，除交纳伙食费和住宿费外，从九元的学费中可以节省出两元。但每个月两元的零花钱对学生来说简直是杯水车薪。别说参考书，连教科书都买不全。也不可能与其他同学一起吃点零食，有时连洗衣费也付不起，只好偷偷到浴场洗衬衫。

但是，就是这不算多的学费，父亲每个月也要从工资里抽出一半寄给他。以前每月按时寄来，生活得以维持下来，可为什么在离毕业只剩两个月的时候突然断绝了呢？父亲遇到什么事了？他现在处境如何？发去多少封信询问，到后来甚至连回信都没有，音信杳无。父亲在最后一封信中这样写道："即使我一辈子在郡政府担任文书，也永无出头之日，所以决心辞职。以后专心从事我这两三年来一直思考的工作。只要这个事业获得成功，用不着等你毕业，我就会成为日本的成功人士之一。到那时，就让嘲笑我无能的那些家伙好好看看。你就等待我的成功吧！此事长则一两年即可。"写的尽是不着边际的事情。他看了这封信，有一种难以言喻的奇怪感觉。马上就迎来五十岁的父亲，居然有这种孩子一般的想法。父亲给自己来信，总是使用古里古气的文言体，寥寥几句，有事说事。可这一次啰啰唆唆写这么多，毫无条理可言。他突然怀疑父亲是不是疯了，但是骨肉之情不允许他做出这样的判断。这个怀疑刚一冒头，就被他慌忙否定。最后勉强推断其实父亲是被免职的，只是为了对他隐瞒，才故意装出自动辞职的样子，夸大其词地说了一大堆理由和今后的计划。不管怎么说，这对他来说事关重大，于是回信询问详情。父亲没有回信。他又发出一封。父亲还是没有回复。他想立即回家了解情况。但学年考试迫在眉睫，大家都夜以继日地忙于准备，他此时恰好也缺少回家的旅费。

"只剩下一个月了。只要毕业，总有办法的。无论怎么艰苦也就一个月的时间。"他无奈地自言自语，决心无论如何也要想方设法渡过这毕业前一个月的难关。于是，他把一日三餐改为两餐。这个宿舍的伙食费是一天二十钱，如果分开算的话，早餐五钱，午餐和晚餐各八钱。他决定只吃早晚两餐，这样一个月伙食费大约三十四元就可以。这样决定以后，他打算专心致志地投入学习。

可是，各种各样的烦恼使他患上了神经衰弱症。坐在书桌旁，只觉得心烦意乱，浑身虚汗，学习成绩始终上不去。外面已是五月末，万物辉耀着初夏的明媚阳光，可是他的心一直阴暗低沉，仿佛无法承受外界的刺激。

"脑子这种状态，能参加考试吗？"

他坐在书桌前，几次这样自问。然而，他的处境逼得他不论脑子怎么糟糕都必须参加考试。延期毕业，静心休养一年，对于连一个月学费都交不起的他来说，简直是天方夜谭，连想都不敢想。现在只能咬紧牙关，熬过这一个月。他嗷嗷地叫喊着击打后脑勺，勉强集中精力复习功课。

考试开始的两三天，他总算挺了过来。而今天是他最痛苦的第四天考试。

远处钟楼的钟声在暗夜中敲响了两下。小林面对着明天要考的德语课本，一直凝视着蜡烛的火焰发呆。明天考的德语是本校以评分严厉著称的某教师负责，一二两个学期，他给予小林的分数几乎都是零分。所以这第三学期极为关键，如果不能取得"优"，以弥补以前的不足，留级的悲惨命运就会摆在自己面前。正因如此，他今天一整天竭尽全力复习教科书，可是到晚上十一点熄灯的时候，还没看完全书的三分之一。勤杂工敲钟预告熄灯后，屋子里的三盏电灯似乎拖曳着尾巴倏然熄灭，他喷了一声，把德语书翻扣在黑暗中。可是，如果现在自暴自弃，那就意味着白白断送今年这一年——这么一想，他再次鼓足勇气，点燃蜡烛。

黄色的烛光在他面前摇晃，洒落在雷克兰出版社出版的课本细小的铅字上。他回头一看，身后的灰色墙壁上映照出巨大而纤弱的人影。

他努力使自己静下心来，打算重新投入学习。但是，脑子一旦混乱，就再也无法平静。蜡烛火舌的吞吐伸缩影响着他的神经。他忍耐着看了一会儿，却眼睛疲劳，上下两行文字重叠在一起，而且后脑勺发热，后背冒出一道道冷汗。

"不行了。"他低声自言自语，把书扔到一旁。但是，如果就这样彻底放弃，回到寝室，又有点不甘心。于是重新拾起扔出去的书本，谨慎地翻到尚未复习的那一页。将已经复习的部分与尚未复习的部分进行比较，并根据以前所花费的时间和自己的努力加以分配，认识到明天早晨之前难以把剩余部分——其实是大部分——复习完。而且所谓已复习过的部分，其实也是笼统含糊地过目而已。

他在心中再次告诉自己："怎么也不行！"

一股狂暴的情绪猛然从心头蹿起。他一把抓起眼前的书本，大声叫喊着"混账东西"，使劲往墙上摔去。五本厚厚的书一阵风似的撞在墙壁上，像是粘贴上去了，但书页立刻噼里啪啦地翻开，落在地板上。

他带着些许满意的心情看着地上的书。由于他刚才激烈的动作扇起的风，蜡烛的火焰横伏摇曳，当烛火重新笔直地静静燃烧的时候，他布满血丝的眼睛如贪得无厌的野兽般闪烁着绿光，凝视着黑暗。

"干吧！干吧！"仿佛有一个声音在他耳中低语。但是，"干吧"是什么意思？他对自己的决心感到震惊，环顾四周，随即猛烈地摇头，似乎要甩掉刚才的想法。

"狠狠心睡觉吧！"他下了决心，一手抓过蜡烛，走到走廊里。正打算如往常那样走上西寮西面的楼梯，却不由自主地站住了。

让他停下脚步的是放在走廊角落里的装废纸的炭袋。在昏暗的煤油灯的映照下，楼梯下面的炭袋如一块黑影。他仿佛看见了不该看见的东西，忽然感到上气不接下气，目不转睛地盯着它。

有一个声音在他耳中低语："你寻找的就是这个东西！"

如鬼使神差一样，他悄悄地走近炭袋，右手拿着蜡烛，再一次定睛注视，边看边想——这个炭袋正等待着自己下手。只要把右手拿着的蜡烛的火焰靠近一下就行。如此一来，很快就会燃烧起来，烧到楼梯，烧到地板，烧到天花板，整幢宿舍楼就会成为一片火海。如此一来，明天的考试就会推延。只要考试推延，自己就有时间复习准备……

就在他漠然想象着从高处俯视宿舍楼起火燃烧光景的时候，一个巡夜像猫一样蹑手蹑脚走过来，拍了拍他的肩膀。巡夜从走廊那边拐过来，小林全然不知。他惊骇地回过头去。

巡夜穿着黑色的衣服，把他从头看到脚，再抬头看他的脸，问道："你在这儿干什么？"

他惊慌地看着巡夜的眼睛,意识到现在的处境极其不利,一时说不出话来。

巡夜又问一遍:"你在这儿干什么?"

他回过神来,勉强答道:"什么也不干。只是站在这儿。刚才路过这里,本打算扔废纸,突然想起一件事,就站在这儿思考。"

巡夜的脸上做作地挤出一丝微笑。"是嘛。那就早点回去休息吧,都快三点了。"

小林极力装出沉着镇静的样子,走上楼梯。走到楼梯顶层,不动声色地瞄了瞄巡夜,只见他依然一脸狐疑地看着自己上楼。

"哈哈啊,这个臭巡夜的,居然怀疑我。"小林心里想,"怀疑也没辙,因为我刚才是在想象中放了一场大火。"

他这么一想,便放心地钻进被窝里。

躺在被窝里,又不由自主地想起尚未复习完的德语,然后自然而然地联想到留级、学费、父亲的事情,都一起在脑子里冒出来。对他来说,一切都是黑暗,都是绝望。他觉得整个世间都在否定他的存在。他长时间无法入睡,在被窝里辗转反侧。

就在他终于迷迷糊糊将要入睡的时候,杂乱的脚步声和刺耳的钟声把他从半睡半醒的状态中惊醒。

"失火啦!大家快起来!"有人在走廊大声呼喊奔走,响声清晰地灌进小林的耳朵。他心头一惊,急忙蹦起来,抓起衣服披在身上，慌忙跑到走廊上。各个寝室的门都打开了，三两个学生慌慌张张地拥出来。在拂晓将至的昏暗中，只见西寮走廊角落笼罩着白烟。

小林跑过去的时候，火已经熄灭。起火的地点正是他两小时之前在想象中纵火的地方。幸亏刚刚起火就被发现，只是楼梯的一面被烧焦，但火源无疑就是那个炭袋。他从大家的身后窥看起火点的时候，有一种窒息的感觉，还感觉胆战心惊，似乎自己就是纵火犯。他觉得仿佛有人在暗处监视自己的一举一动，这里实在待不下去，于是又急匆匆回到寝室，钻进被窝里。

他突然害怕起来，首先被人怀疑的不就是自己吗？自己的确在起火两个小时之前站在那个炭袋旁边，被巡夜发现。没想到起火点偏偏就是那个炭袋。在那个地方被人看见，又恰好在那个地方出事，自己真是倒了邪霉。如果被人怀疑，究竟怎么说才能消除嫌疑呢？自己的确不是犯人。自己知道这一点，但也的确只有自己知道。即使始终坚持，也会永远被人怀疑吧——他痛切地感受到命运的诅咒。

"反正该怎么说就怎么说，别的就没法子了。"他嘀咕一句，用被子紧紧捂着脑袋。大概身体疲惫，很快又迷迷糊糊睡着了。

有人在耳边喊他"喂，喂……"，小林睁开眼睛。天已大亮，早晨的阳光耀眼地照射在窗户上。叫他的是同一个寝室的镰田。

镰田的身后站着宿舍楼委员安藤。小林看见他的时候，立即感到"自己还是受到了他们的怀疑"。

他起身，尽量沉着地问道："是你啊，有什么事吗？"

镰田看着安藤，勉强用平静的语气回答："委员说找你有事。"

"有点事想向你打听一下，请和我一起到寮务室来一趟。"

安藤目光锐利地盯着小林。小林从他的眼睛里明白地看出，对方已经认定自己就是犯人，难以言喻的不快感立即涌上心头，怒气冲冲地说道："是吗？大概怀疑我是疑犯吧？我洗把脸马上就去。"

委员声色俱厉地说道："不，立刻就走！在等着你。"

"我既不逃跑，也不会躲藏起来的。"

"我不是这个意思……就是想尽快把事情弄清楚。"

小林不再抗拒，他感觉越抗拒越被怀疑，便跟着委员来到寮务室楼上的舍监室。

舍监正和另一个委员低声谈话。安藤把小林带进来，意味深长地瞥了一眼，走出门外。

"来啦，请坐吧。"舍监客气地指着自己桌子前面的椅子。小林一看就知道这是假惺惺的虚伪客套，在这冷漠而客气的话语后面，深藏着对他的怀疑——顽固地坚信他就是纵火犯。

小林默默地坐下来。审问立刻开始。

"把你叫到这儿来，不为别的，就是为了宿舍楼发生的两三起纵火的问题，想向你了解一些情况。"

"啊。"小林抬起头，扫了舍监一眼。在这种气氛紧张的场合，他倒有兴趣看看舍监有什么办法让自己坦白交代。

"是这样的，有人看见你昨天夜里站在现场附近，是不是不小心把火种落在那里了？当然不是故意的。"

"是嘛。站在那里是事实，但绝对没有把火种落在那里。"

"当然是过失。我们希望你承认自己也许不小心把火种落在那里了。谁都会有过失，这不是犯罪。这次事件肯定是过失吧，一定是这样的。"

"也许是过失，但好像不是我的过失。"小林倒是很佩服这个舍监老练的诱导审问。如果他是真正的犯人，可能在第一道交锋中就缴械投降，会顺着他的话头说"也许是我的过失"。

这时，坐在舍监旁边的委员问道："可是，你不是说拿着蜡烛站在那里吗？"

小林觉得这人的问话多此一举，气鼓鼓地回答道："是的，是拿着蜡烛。但是，拿着蜡烛上楼去寝室又不是就我一个人。"

他的回答让坚信他就是犯人的委员觉出自己的卑鄙，于是恼羞成怒地说道："不要以为没有证据，你就抵赖不承认。其实有人亲眼看见你放火。如果这个人出来作证你才坦白的话，那对你没好处。这样心平气和地把事情了结不好吗？要是那个证人出来，你还一口咬定与自己无关吗？"

小林心想这种诡计实在可笑，但对方如此过分，他不由得怒上心头。没有哪一条法律规定，为迫使对方坦白，审问者可以采用欺诈的手段。

"有人看见我放火？谁啊？要是有这个人，请把他叫来。"

委员按了两下桌上的按铃，门开了，昨晚那个巡夜走进来。小林明白这一切都是事先的安排。

委员问巡夜："你刚才说过，你亲眼看见这个人在西寮走廊的角落里放火。是吧？"

巡夜瞥了一眼小林，回答道："嗯，看见了。"

小林一听，怒不可遏，不由得大声反问道："撒谎！你拍我肩膀的时候，我不是什么都没干吗？"

巡夜以"我怎么会相信谎言"的语气争辩道："那时候是这样。你放火是在后来。我觉得你有点蹊跷，便悄悄观察你的动静。大约一个小时后，你不是又下来了吗？"

"根本没有这么一回事。我一直躺在被窝里。你想陷害别人，怎么能这样胡说八道呢？你在撒谎！"接着，小林转向舍监："你们就相信这种谎言，不相信我吗？"

"噢，别这么激动。"舍监平静地劝慰小林，"绝不是不相信你，可是我们唯一的线索就是这个巡夜的报告。"

小林再次回头看着巡夜。"你一口咬定我就是犯人吗？"

"嗯，我是这么认为的。"

小林第三次转向舍监。"那么，你们就相信他说的话了？"

舍监尽量慢吞吞地说道："如果没有反证，不好意思，就不能不怀疑你。"

"那好。既然你们这么认为，我就不再解释。空口无凭，说了也白说。但是，我一定要证明我的清白。"小林说完，自己都为自己的决心感到吃惊。

他心中突然浮现出以死证明清白的念头。处在极度激动的状态中，这种戏剧性的念头会油然而生，甚至会产生"要死现在就死"的冲动。反正对他来说，一切都是黑暗。一直以来就是如此，只要有机会，什么时候都可以去死——他的脑子急速旋转着思考的瞬间，泪花浮现，声音不由得颤抖起来。

他再一次说道："我一定要证明自己的清白。"

舍监没有说话。

一会儿，委员说道："那我们等着。"

小林一听这冷漠的回答，心想"等着瞧吧，到时候你们别震惊"。他强咽下涌上胸口的愤怒，说道："没事了吧？那我就回去了。"他边说边站起来。

舍监只是说了句"不好意思"。这是对这种难以忍受的侮辱表示道歉——尽管是形式上——的唯一一句话。小林置之不理，甩头离去。

外面，阳光透过樱花树的嫩叶照下来，天空明亮辽阔。小林胸中的愤懑不知道向何处发泄，总之必须用什么办法洗刷对自己的侮辱。可是，为什么？——这也让他难下决心。刚才脑子里忽然间冒出以死自证的想法，现在开始怀疑，难道这是最好的方法吗？

当他回到教室，看见自己的桌子上放着一封信的时候，决心立即朝另一个方向发生了变化。

这是老家邻居的来信，他常年关照父亲。信函一开头就说，看信时不要震惊，然后叙述了父亲发疯的情况。信中说，两个月前，父亲不顾别人的劝阻，坚决辞职，然后专心投入研发很早以前一直琢磨的改良型石磨。两三天前，他坐在餐桌前，忽然用筷子一边敲击碗碟一边唱起小调。当邻居前去看望的时候，只见他正站在米柜上跳舞。

小林看到这里，心想"果然不出所料"。他没有眼泪，心中想象那个严厉的父亲敲碗跳舞的样子，瞬间觉得可笑。然而，这只是一瞬间。接着，他想到父亲既然已经发疯，那他就可以安然死去。如果没有父亲的话，他早就死去了。就是因为父亲健在，他毫无意义的人生才拖到现在。而现在，他认为父亲的发疯就是命运对他发出的死亡暗示。

他立即想到自杀，同时又想起刚才以死洗刷侮辱的念头。他想到要留下表明自己无辜的遗书，于是打开桌子的抽屉，轻轻拿出纸张。

教室里没有其他人。他面对纸张，打算写下刚才所体味的无法忍受的屈辱和满腔的怨恨。然而此时，刚才的愤懑竟然消失得无影无踪。他使劲回想舍监那冷若冰霜的表情和委员那刻薄无情的话语，试图引发愤怒的情绪，但无论如何也恨不起来。在得知父亲发疯这件大事以后，其他情绪都不知去向了。

他重新思考，死者洗刷如此微小的侮辱，有何用处？那还不如默默死去，还多少显得了不起。但如果故意背负罪名而死，应该更加了不起。不能在世上没留下什么好事，就这样死去。至少也要替别人背负罪名，这样才死得有价值。纵火犯也未必有什么大阴谋。如果自己替他顶罪，他心中一定会产生感谢之情，也许良心发现，以后再也不会犯罪。祝福这陌生的罪人吧！——小林的心顿时如圣人一样宽容。

他在纸上简单地写下"我知我过"几个字，然后装进信封，再写上舍监的姓名，放在打开抽屉一眼就能看见的位置。

等到夜间，小林悄然走出宿舍楼。

初夏时节，灯光明亮，交错闪烁，身穿白衣服的人们在光影中稀稀落落。小林避开明亮的街道，拐进小路，来到以前就想好的死地——山谷中的坟地。黑暗中飘溢着杉树的清香。他抓着藤蔓下到山崖下面。山崖下横着一道黑乎乎的铁轨。

他躲在山崖边上的草丛里，等待时间的来临。他的神经异常紧张，能分辨出所有的声音。

远方的汽笛声穿过森林传来。这正是他所等待的。他平静地站起来朝铁轨走去，侧耳倾听片刻，然后直接仰卧上去。他的脖颈枕着被夜露濡湿的冰冷的铁轨。他的眼睛直视着晴朗辽阔的夜空，仿佛看见了从未见过的稀奇的东西。他以遥远的孩提时代的心情贪婪地凝视着璀璨闪烁的星群。

风一般的声音越来越近。摇晃铁轨的轻微震动挠着他的脖颈。他只是笔直地仰望天空。

黑黢黢如巨兽的东西追风掣电般飞驰而过……

路上

谷崎润一郎
1886—1965

生于东京日本桥。东京大学国文科退学。1910年与小山内薰等创刊《新思潮》,在该杂志发表《诞生》《象》《刺青》等作品,受到永井荷风的赞赏。其作品追求恶魔般的美和大胆的情爱,构建出独特的唯美世界。代表作有《痴人之爱》《春琴抄》《细雪》《润一郎译源氏物语》等。此篇发表于1920年的《改造》。

东京T·M株式会社职员、法学学士汤河胜太郎在临近年终的一天黄昏，下午五时左右，独自沿着金杉桥的电车线路朝着新桥方向散步。

就在他走过桥面一半的时候，听见身后有人问道：

"对不起，对不起，请问您就是汤河先生吗？"

汤河转过身来，只见一位风度端庄的陌生绅士很有礼貌地摘下圆顶礼帽，走近前来。

"是的，我就是汤河……"

汤河眨巴着小眼睛，流露出天生的老实人才有的畏惧，如同回答公司高层的问话一样胆战心惊。这也难怪，因为这位绅士仪表堂堂，那神态气势与公司的领导一模一样。汤河看见他的第一眼，就把"在街头与人搭讪的不懂礼貌的家伙"之感抛到九天云外，不由自主地暴露出胆小怕事、畏首畏尾的本性。绅士穿着有像西班牙犬毛般厚密绒毛的呢绒大衣，衣领带海獭皮（大衣里面大概是常礼服），下身着条纹裤，手持有象牙把手的手杖。他四十上下，皮肤白皙，体态发胖。

"您瞧，在这个地方突然把您叫住，实在有失礼貌。其实，我带着您的朋友渡边法学学士的介绍信，刚刚到公司找过您。"

绅士说罢，递上来两张名片。汤河接过来，走到路灯下。其中一张无疑是他朋友渡边的名片，上面有渡边的亲笔字样："兹介绍朋友安藤一郎氏，乃鄙人同乡，多年交往甚笃。此人意欲调查你所在公司的××职员的情况，请会面酌量为盼。"另一张名片上印着"私家侦探安藤一郎事务所：日本桥区蛎壳町三丁目四番地　电话：浪花交换总机转五〇一〇"。

"这么说，您是安藤先生……"

汤河重新打量一遍绅士的模样。"私家侦探"——这在日本是一种罕见的职业。他知道东京已有五六家私家侦探所开业，但今天是第一次见到真正的侦探。他感觉日本的私家侦探似乎比西方的富有风度。因为汤河喜欢看电影，经常在西方电影里看到侦探的形象。

"是的，我就是安藤。关于名片上写的这件事，我听说您在公司的人事科工作，这太好了，所以刚才特地前往贵公司拜会您。十分过意不去，您百忙之中，能否安排时间谈一谈呢？"

出于职业原因，绅士说话语调有力，干净利索，声音铿锵。

"什么啊，本人现在就有空，什么时候都可以……"汤河听到对方是侦探以后，立即把"我"改为"本人"，"只要本人知道的，无论什么都会尽量回答。可是，这件事非常着急吗？要是不急的话，明天怎么样？虽然今天也不是不可以，可这样站在大街上谈话总觉得别扭……"

"您说得对，可是公司明天就开始放假，这件事也不至于特意到府上打扰您，倒不如现在一边散步一边谈。而且您不是喜欢这样散步吗？呵呵呵……"

绅士轻声笑着。这是模仿政治家的人常有的装腔作势的豪爽笑声。

汤河显然面有难色。因为他的口袋里装着刚刚从公司拿到手的工资和年终奖。对他来说，这不算一笔小钱，所以今晚一直独自悄悄沉浸在幸福感里。他打算去银座，给最近多次央求自己的妻子买一双手套和一件披肩——一定要买那种沉甸甸的厚实的毛皮货，这样才配得上那张时髦洋气的脸蛋——然后尽快回家，让她高兴。就在他一边散步一边盘算的时候，被这个素不相识的安藤打破了愉悦的幻想，仿佛今晚难得的幸福时光要落空了。这且不说，竟然知道自己喜欢散步，特地从公司追过来，即便是侦探，也是个令人讨厌的家伙。还有，他怎么知道我就是汤河？一想到这些，他心里很不痛快，再加上现在也感觉饿了。

"怎么样？我不打算耽误您太多时间，聊一会儿吧。我想仔细了解一个人的来历，所以在路上谈话反而比在公司见面更方便。"

"是嘛，那就一起走一段吧。"

汤河无奈地和绅士并排朝新桥方向走去。汤河觉得绅士的说法也不无道理，因为他意识到，要是明天对方拿着侦探的名片到家里来找自己，也的确很麻烦。

没走两步，绅士——侦探就从口袋里掏出香烟，开始吸烟。一段大约一百来米的路，他一言不发，只顾吸烟。汤河觉得对方瞧不起自己，不觉着急起来。

"嗯，您问的是什么事？您想了解本人所在公司某个职员的来历，是指谁呢？本人所知道的，自然会全部奉告……"

"当然是我认为您应该知道的事。"

绅士继续吸烟，又沉默了两三分钟。

"大概是……那个人要结婚，所以对方需要了解他过去的经历吧。"

"噢，是的。您的推测很正确。"

"本人在人事科工作，常遇到这种事。那么，您想了解的这个人是谁呢？"

汤河流露出对此事颇感兴趣的好奇模样。

"此人究竟是谁……您这么一问，我反而不好说。这个人嘛，其实就是您。有人委托我调查您的来历。我想与其间接了解，不如直接询问本人，所以就来找您……"

"可是本人……也许您不知道，已经结婚了啊。不会弄错了吧？"

"不，没错。我也知道您有太太。可是您还没有办理法律上的婚姻登记手续吧？您想尽快办理这个手续，是这样吧？"

"噢，是吗？明白了，您是受内人父母的委托来调查的吧？"

"出于职业规矩，无法告诉委托人。不过，您大致也能想得出来，这个就不要问了。"

"明白，其实这无所谓。本人的事情，您尽管问，这比间接了解好，我的心情也爽快一些……对您采取这个方法表示感谢。"

"呵呵，要说感谢，实不敢当……本人（绅士也使用'本人'这个自称了）在调查婚姻经历的时候，总是采取这个方法。如果对方人品高尚、有社会地位，直接询问本人就错不了。而且有的问题只有本人才能回答。"

"是的，您说得对。"

汤河高兴地表示赞成。不知不觉间，他的心情也好了起来。

"不仅如此，本人对您的结婚问题深表同情。"绅士瞟了一眼汤河喜滋滋的面容，笑着继续说道，"您要想和太太办理婚姻登记手续，您太太必须和她的父母尽快和解，不然的话，她还得等三四年，到二十五岁才行。但是，要想和解，其实您要比太太更理解对方。这是极为重要的。本人愿意尽力协助您，但也请您考虑到这一点，毫无隐瞒地回答问题。"

"好的，明白。您就问吧，不必客气……"

"噢，那好……听说您和渡边是大学同年级的同学，所以大学毕业应该是大正二年吧？……先从这儿问起。"

"是的，大正二年毕业，之后进入现在这家T·M公司。"

"对，您毕业后就进入现在的这家T·M公司……这没问题，您和前妻结婚是什么时候？好像是您进入公司的同时吧……"

"是的。九月进入公司，十月结的婚。"

"大正二年的话……（绅士掰着右手手指计算）这么说，同居刚好五年半。所以前妻死于伤寒应该是大正八年的八月……"

"嗯。"汤河觉得奇怪，这家伙嘴里说不搞间接调查，却事先调查过自己的不少情况，于是他的脸色再次难看起来。

"听说您很爱前妻……"

"是的，很爱……但不等于说不能同样爱现在的妻子。前妻去世的时候，自然对她甚为眷恋。但这种怀念并非难以解脱，现在的妻子就帮本人解脱出来了。所以，即便从这一点来说，我也感觉有义务无论如何要与久满子——现在的妻子叫久满子，这您应该早就知道——正式结婚。"

"所言极是。"绅士轻巧地避开汤河热情的口气，说道，"本人也知道您前妻的名字，是叫笔子吧？她一直病魔缠身，在患伤寒去世之前，就经常患病。"

"真令人吃惊。不愧是干这一行的，什么都了解得清清楚楚。既然都知道了，好像没必要再调查了吧？"

"哈哈哈，您这么说，实在惭愧之至。毕竟是靠这个吃饭嘛，您就别取笑我了——那位笔子的病情……她在得伤寒病之前，先是得了副伤寒[①]……时间应该是大正六年的秋天，十月前后。听说那时候副伤寒的病情很严重，烧一直退不下去，您非常担心。到第二年，大正七年，她在正月里就得了感冒，躺了五六天。"

"啊，对对，是有这么回事。"

"然后到七月得了一次、八月得了两次腹泻，这在夏天是常见病。这三次腹泻，两次非常轻微，用不着休息；有一次稍微严重，躺了一两天。然后到了秋天，流行性感冒肆虐，笔子得了两次感冒。第一次是十月，轻微感冒；第二次是在大正八年的正月，听说那一次出现了肺炎并发症，相当危险。好不容易肺炎痊愈了，不到两个月就得伤寒过世了——是这样吧？本人说的大概没错吧？"

"嗯。"汤河低着头，似乎开始考虑什么事情。

---

① 由副伤寒甲、乙、丙三种沙门杆菌引起的急性传染病。

两个人此时已经走过新桥，走在岁暮的银座大街上。

"您的前妻实在太可怜了。从得病到去世也就半年时间，这期间不仅得了两次大病，还时不时地病危，吓得人一身冷汗——对了，那次煤气中毒事件发生在什么时候？"

汤河没有回答。绅士见他默不作声，一边点头一边继续说道："那一次啊，您太太的肺炎痊愈了，说是再有两三天就可以下床的时候——病房的煤气炉突然出现问题。那时候天气还很冷，是二月底吧。煤气开关松了，半夜里您太太差一点就煤气中毒了，幸亏没酿成大祸。结果她晚了两三天才下床——噢，对了，后来还发生了这样一件事：您太太从新桥搭乘小型公共汽车（公共小巴）去须田町，路上小公交车和电车相撞，差一点就……"

"您先等一等，本人一直对您的侦探本领深感佩服，可是，您究竟有什么必要，又是用什么方法调查这些东西的呢？"

"说起来也没什么必要，只是本人的侦探欲望过于旺盛，把这些没用的东西都顺便调查出来，就是想让别人惊讶。自己也知道这个习惯很不好，可就是改不掉。好吧，马上就要进入正题，请您再耐心地听一下——在那起事件中，因为车窗被撞破，玻璃碎片划伤了您太太的额头。"

"是的。可是笔子很镇静，并没有惊慌失措。再说了，只是擦伤，算不上受伤。"

"话是这么说,就那次撞车事故而言,您也有一定的责任。"

"为什么?"

"您太太之所以乘坐小巴,是因为您叮嘱她不要坐电车,坐小巴去。对吧?"

"这么说……也许是……叮嘱了。这些细节记不清楚了,好像是这么叮嘱的。对了,对了,的确是这么说的。这样说也是有原因的,当时笔子得过两次流感,报上说这时候挤电车,车上人多,最容易传染感冒,所以我认为小巴应该比电车危险小一点。并没有强迫她不许坐电车,只是没想到她乘坐的小巴偏偏发生撞车事故。本人不应该为此事负责,笔子也不这么认为,甚至还感谢本人的忠告。"

"当然,笔子总是感谢您对她的深情,直至临终还一直感激不尽。可是,本人总觉得那起撞车事故您有责任。您刚才说这样做是出于对她病情的考虑,噢,那肯定如您所言吧。但即便如此,您还是有责任。"

"为什么?"

"如果您不明白,那就解释给您听……好像您刚才说,没想到小巴会发生撞车事故。可是,您太太乘坐小巴并不是只有那一天。那时候,她大病初愈,还需要医生的治疗,隔一天就要从芝口的家里去万世桥的医院,大约需要一个月的时间。这事您早就知道，而且她每次都是乘坐小巴。撞车事故就是在这期间发生的。这下您明白了吧。不过，还有一点引人注意，那个时候，这种小巴运营形式刚刚出现，撞车事故时有发生。稍微神经敏感的人都会担心随时可能发生事故——顺便说一句，您是个神经敏感的人，而您，却让您最爱的太太经常乘坐这样的小巴，这难道不是您不该有的疏忽大意吗？一个月里隔日往返乘坐，她就面临着三十次撞车的危险。"

"哈哈哈，能这么穿凿附会，看来您的神经质一点也不比本人逊色。您这么一说，本人逐渐想起了当时的情况，其实那时候也并非毫无留意，只是考虑到撞车的危险与在电车里传染感冒的危险孰大孰小呢？即使二者危险的可能性相同，哪一个对生命更有威胁呢？思来想去，两相比较，认为乘坐小巴比电车更安全。为什么呢？正如您刚才说的，一个月有三十次往返，如果乘坐电车，这三十节车厢里肯定都有感冒病菌。当时正是流行高峰期，这样判断应该是正确的。既然存在病菌，那么感染就不是偶然的。然而，撞车事故完全是偶然的灾难。当然，每辆车都有撞车的可能性，但这与明显存在祸因的情况不一样。另外还有一个原因：笔子已经得了两次流感，这说明她的体质比一般人虚弱。如果乘坐电车，在众多乘客中，她必定是感染危险度最高的一个人；而乘坐小巴，所有乘客的危险都是均等的。不仅如此，就危险程度

97

而言,如果她第三次患上流感,必定又会引发肺炎,那恐怕就没得救了。听说一旦得过肺炎,就很容易得第二次,而且当时她病后体弱,尚未完全恢复。这个担心并非杞人忧天。再说了,发生撞车事故并不意味着会被撞死。除非倒了大霉,一般都不会受重伤。即使受重伤,也极少因此死去。本人这个想法没有错,事实也是如此,笔子往返三十次,撞车事故也就一次,而且还只是轻微的擦伤。"

"嗯,如果光听您这一番话,倒是合情合理,可谓无懈可击。不过,您刚才没有涉及的部分里,还是有不可疏忽的地方。关于小巴和电车的危险概率问题,您的意见是小巴比电车的危险概率小,即使遇到危险,受伤的程度也比较轻,乘客均等地承担危险性。但是,本人认为,至少您太太乘坐小巴的危险性与乘坐电车一样大,绝不是和其他乘客均等地承担危险。就是说,您太太所处的位置,当发生撞车事故时,注定是第一个受伤的人,而且恐怕受的伤比其他人都要重。您不能无视这一点。"

"为什么这么说?我可不明白。"

"哈哈,您不明白吗?这就怪了——您那时对笔子说过吧:坐小巴要尽量坐在最前面,那是最安全的……"

"是的。从安全的意义上说,是这样……"

"不,等一等,您所谓的安全是这个意思吧——小巴里也有感冒病菌，坐在上风处就不会吸进去。是这个理由吧？这么说，虽然小巴的乘客没有电车那么多，但并非毫无传染感冒的危险性。您刚才似乎忘记了这个情况。您又加上另外一个理由，就是坐在前面震动小。您太太大病初愈，尚未完全恢复，身体疲劳，所以不能让她受震动。您用这两个理由，劝她坐到前面。这与其说是劝，不如说是严厉的叮嘱。您太太为人正直，觉得不能辜负您的一片心意，便尽可能遵照您的命令行事。于是，您的计划一步一步得以实行。"

"……"

"知道了，您起先并没有把坐小巴传染感冒的危险性考虑进去。尽管如此，您还是以此为由让她坐在前面——这里就产生一个矛盾。还有一个矛盾，您事先考虑的撞车危险完全被忽略了。坐在小巴最前面——如果考虑到撞车事故，没有比这儿更危险的吧，坐在那个座位上的人无疑是最危险的。所以，您看，当时受伤的就您太太一个人。那么轻微的碰撞，其他乘客都安然无恙，而您太太却擦伤了。如果是严重的碰撞，其他乘客是擦伤，您太太就是重伤。如果再严重的话，其他乘客受重伤，您太太就没命了——撞车如您所言，肯定是偶然发生的事故，但在这偶然发生的事故中，您太太的受伤却不是偶然，而是必然。"

两人走过京桥，他们仿佛都忘记了自己现在走在什么地方。

一个人侃侃而谈，另一个默默倾听，一直往前走。

"所以，其结果就是您把太太置于某种偶然的危险中，并进而推进偶然范畴内的必然危险中。其含义与单纯的偶然的危险不同。这样的话，能否说小巴就比电车安全呢？首先，当时您太太的第二次流感刚刚痊愈，所以她应该具有对流感的免疫力。按本人的看法，那时您太太绝对没有被传染的危险。要说危险和安全二者择一的话，她属于安全。至于一旦得过肺炎容易再度患病的说法，那是要经过一段时间才会发生的事情。"

"您说的免疫性，本人也不是不知道，只不过十月患病以后，正月又得病，所以觉得免疫性靠不住……"

"十月和正月之间有两个月，可是您太太那时并没有痊愈，还在咳嗽。与其说被别人传染，不如说她传染给别人。"

"还有，刚才您谈到撞车的危险，撞车本身只是非常偶然的事故，在这个范畴内谈论必然，那不是极其极其罕见的吗？偶然中的必然与单纯的必然意思还是不一样的，何况这个必然只是必然受伤，并非必然要命。"

"但可以说偶然发生严重撞车时，必然要命。"

"嗯，可以这么说吧。可是，玩这种逻辑性的游戏不觉得无聊吗？"

"哈哈哈，逻辑性的游戏吗？因为喜欢，一不小心就自鸣得意地陷进去了，陷得太深，对不起，马上言归正传——可是，进入正题之前，先把这个逻辑性的游戏做完吧。别看您嘲笑本人，其实您似乎也挺喜欢逻辑推理的。说不定在这方面还是本人的前辈呢，觉得您并非不感兴趣。刚才是对偶然与必然的研究，如果与一个人的心理结合在一起，就会产生新的问题，逻辑就不再是单纯的逻辑。您难道没有发现这一点吗？"

"啊，您越说越难懂。"

"一点也不难。所谓一个人的心理，指的就是犯罪心理。一个人试图利用间接的方法神不知鬼不觉地杀掉另一个人——如果'杀掉'用词不当的话，可以说是'致其死命'。为此，必须让这个受害者经常处在危险之中。这种情况下，既不能让对方意识到加害者的意图，又要不动声色地将对方引进危险的去处，因此只能选择偶然性的危险。然而，如果这偶然中包含着不易觉察的某种必然，那更是求之不得的机会。您让太太乘坐小巴，不是恰好在外在形式上与上述情况一致吗？本人只是说'外在形式'，请不要往心里去。当然，不是说您有这样的意图，但您应该可以理解这种人的心理吧？"

"您大概是出于职业习惯，想法很奇怪。外在形式是否一致，只能由您判断。但是，如果有人以为在一个月的时间里，仅仅三十次的乘车往返就能夺人性命，他不是傻瓜就是疯子。大概没有哪个家伙把希望寄托在靠不住的偶然上吧。"

"不错。仅仅乘坐三十次小巴,可以说偶然的命中率很小。但是,如果从各个方面寻找各种各样的危险,把这些偶然的危险一个又一个地叠加在对方身上——这样的话,命中率就数倍增长。无数偶然性的危险聚集成一个焦点,然后将对方引导进来。此人所面临的危险就不是偶然,而是必然。"

"——例如怎么做?"

"例如——只是打个比方,这里有一个人想杀死他的妻子——致其死命。他的妻子是天生的心脏虚弱——心脏虚弱本身就包含着偶然性的危险因素,那么为了增加其危险,要创造条件让她的心脏越发糟糕。例如,丈夫让妻子养成喝酒的习惯。起先劝她睡前喝一杯葡萄酒,然后逐渐增加酒量,让她饭后必喝,从而慢慢懂得酒精的美味。可是她原本就不喜欢喝酒,达不到丈夫所希望的酒量。于是丈夫改变手法,使出第二招,教她吸烟。说什么'女人嘛,连这么点乐趣都没有,还是女人吗',买来芳香型的外国烟让她吸。这个计谋终于得逞了,不到一个月的时间,妻子成了彻头彻尾的烟枪,想戒也戒不掉。接着,丈夫又打听到洗冷水澡对心脏虚弱的人有害,于是让她洗冷水澡,装出一副体贴亲切的样子劝道:'你体质差,容易感冒,每天早晨坚持洗冷水澡对身体有好处。'妻子对丈夫坚信不疑,言听计从,于是自己的心脏在不知不觉间越来越坏。然而，丈夫的计谋不会就此罢休。他摧残妻子的心脏后，打算给予决定性的打击。就是说，要让妻子发病，而且是高烧不退的疾病。于是把妻子置于容易传染伤寒和肺炎的环境里。他起先选择伤寒。出于这个目的，他经常让妻子吃看似带有伤寒菌的东西。他说'美国人吃饭的时候喝生水，大家都称赞生水是最理想的饮料'，让妻子喝生水，吃生鱼片。听说牡蛎和凉粉含有大量的伤寒菌，就使劲劝妻子吃。当然，在劝妻子吃的时候，自己也得吃，但他以前得过伤寒病，体内已经产生免疫力。丈夫这个计谋未能如愿以偿，但差不多有七分成功了。因为妻子虽然没有得伤寒，却得上了副伤寒，高烧不退，痛苦折腾了一个星期。副伤寒的死亡率不到十分之一，幸乎不幸乎，心脏虚弱的妻子居然挺过来了。丈夫在七分成功的鼓舞下，继续让妻子吃生食。到了夏天，妻子经常患痢疾。每次妻子发病，丈夫总是紧张地观察病情的发展，然而，妻子总是感染不上他期盼的伤寒病。过了不久，丈夫觉得求之不得的好机会来了，从去年秋天到今年春天，恶性感冒大流行。丈夫阴险地策划，无论如何要让妻子传染上感冒。十月初，妻子果然得了感冒，原因是她这个时期咽喉患病，丈夫说预防感冒，故意配兑高浓度的过氧化氢溶液让她整天漱口，结果患上了咽喉黏膜炎。不仅如此，此时她的伯母得了感冒，丈夫一再要她前去探病。她在第五次探病回来以后便发烧了。然而，这一次她居然又挺过来了。到了正月，妻子终于患上重病，引发肺炎……"

侦探一边说，一边做出不寻常的举动。他看似要敲落手上香烟的烟灰，手指却在汤河的手腕上轻轻捅了两三下——似乎默默地提醒他注意什么。然后，两人来到日本桥前面，但侦探在村井银行前头右拐，往中央邮局方向走去。汤河自然必须紧随着他。

"这第二次感冒，当然还是丈夫搞的鬼。"侦探继续说下去，"当时，妻子本家的孩子患重感冒住在神田的S医院里，丈夫主动让妻子入院陪同照顾。他冠冕堂皇的理由是：'这次流感容易传染，不能让一般的人去陪同。我内人最近得过感冒，有免疫力，她去最合适。'他这么一说，妻子也觉得有道理，便去医院照顾孩子，结果自己再次感冒。这次肺炎相当严重，几次病危。丈夫以为此次计谋得逞，万无一失，有十二分的把握。他在妻子的枕边假惺惺地道歉说，由于自己的疏忽大意才使得她染上重症。妻子对丈夫无怨无悔，仿佛要怀着对丈夫的爱情的感谢撒手人寰。然而，妻子再次起死回生。对丈夫来说，可谓九仞之功亏于一篑。于是，丈夫继续恶毒策划，心想不能仅仅依赖生病，还要使用其他手段给她制造灾难——思来想去，他首先利用了妻子病房里的煤气炉。当时妻子的病情已经基本好转，可以不需要护工了，但还要和丈夫分睡一个星期。丈夫有一次很偶然地发现妻子睡觉前要关闭燃气的开关，以预防火灾。而燃气开关在从病房到走廊的门槛边上。妻子有起夜的习惯，必定要经过这道门槛。妻子拖曳着长睡衣的下摆徐徐经过门槛边上时，那下摆总是蹭过煤气开关。如果开关稍微松一点，长裙下摆经常蹭过去，那开关一定会逐渐打开。虽然病房是日式房间，但建材都很坚固，严丝合缝，不会漏风。丈夫发现原来这里就潜藏着危险的因素，只要自己稍微做点手脚，这个偶然就通向必然。这个方法是把煤气开关松开一点。于是，一天趁着妻子午睡的时候，他悄悄地把润滑油注入煤气开关中。他自以为做得神不知鬼不觉，却没想到无意间被人看见——此人正是他家的女佣。这个女佣是妻子老家的人，妻子嫁过来时随同而来，对女主人忠心耿耿，而且聪明机灵。好了，这不说也罢……"

侦探和汤河从中央邮局前面走过兜桥，再走过铠桥，不知不觉来到水天宫前面的电车道上。

"……这一次丈夫做到了七分成功，最后三分导致失败。妻子煤气中毒，有点窒息，但她醒了过来。深更半夜，一家人闹得乱哄哄。为什么煤气会泄漏？原因很快就查明了，但这是妻子不注意造成的。之后，丈夫选择小巴作为谋害手段。这刚才已经说过了，利用妻子去医院就医的机会，他无所不用其极。在小巴的阴谋失败以后，他抓住一次新的机会。给予他这个机会的是医生。

医生建议妻子病愈后到外地休养一阵子，找一个空气新鲜的地方休养一个月左右。丈夫对妻子说道：'你的身子病怏怏的，与其去外地休养一两个月，不如索性把家搬到空气新鲜的地方去。当然也不要搬太远，大森怎么样？那儿靠海，我上班也方便。'妻子对丈夫的提议表示赞成。不知您是否知道，大森那地方水质很糟糕，听说正因为这个原因，传染病肆虐横行，尤其是伤寒——就是说，丈夫人为制造灾祸没有成功以后，再次转而利用疾病。搬到大森以后，他更肆无忌惮地让妻子喝生水、吃生东西、洗冷水澡、吸烟，又在院子里栽种很多树木，挖池蓄水。还说厕所的位置不好，改造成太阳西晒的方向，这是让家里滋生苍蝇蚊子的方法。岂止如此，他的一个朋友得了伤寒，他自称有免疫力，常去探病，还带着妻子一起去。他本打算耐心地等待传染的机会，没想到这么快就见效了。搬到大森还不到一个月，他去探望患伤寒病的朋友不久，不知道其中他又施展了什么阴险毒辣的手段，总之妻子染上了伤寒，而且终于病故——怎么样？本人方才所说的，与您的情况难道不是外在形式完全一致吗？"

"嗯……噢，仅仅是外在形式……"

"哈哈哈，就目前而言，仅仅是外在形式。您爱前妻，至少是外在形式上的爱。然而，您在两三年前就背着前妻爱上了现在这个妻子。这种爱超过了外在形式。如果把这个事实和刚才本人所说的加在一起，那么，把刚才所说的事实安在您身上，就不仅仅是外在形式了……"

两人从水天宫的电车道右拐，走进狭小的胡同。胡同左边有一间挂着写有"私家侦探"大招牌的房子，像是事务所。镶嵌着玻璃窗的二楼和楼下都灯火辉煌。走到跟前，侦探哈哈哈放声大笑。

"哈哈哈，这就不对了！隐瞒不下去了。您的身子刚才一直在发抖。您前妻的父亲今晚在我家里等着您。别这么害怕，没关系的，请进去吧！"

他突然抓住汤河的手腕，用肩膀顶开房门，强行把汤河拽进明亮的房间里。在灯光的映照下，汤河脸色苍白，呆若木鸡地摇摇晃晃着，一屁股跌坐在椅子上。

外科室

泉镜花

1873—1939

生于石川县金泽市。本名镜太郎。9岁丧母,17岁上东京,立志成为小说家。1891年入尾崎红叶门下。以《外科室》《夜行巡查》等"观念小说"作家身份得到认可。以《高野圣》《藏眉之灵》等构建幻想的世界。自传体小说《妇系图》成为著名的新派悲剧代表作。此篇发表于1895年的《文艺俱乐部》。

上

其实是出于好奇，但同时也凭借我是画家这个金字招牌，以种种借口，逼得与我亲如兄弟的医学士高峰同意我参观他在东京府一所医院为贵船伯爵夫人动手术的现场。

那一天，上午九点多，我走出家门，坐上人力车直奔医院。我直接走向外科室的时候，只见前面有两三位容貌秀丽的妇女推门而出，款款走来，像是华族家里的侍女，与我在走廊当中擦肩而过。

她们簇拥着一个身着披风的七八岁的小姑娘，转眼间就不见了踪影。从玄关到外科室，从外科室到通往二楼病房的长长走廊上，身穿长礼服的绅士、身穿制服的军官、身穿和服外褂和裙裤的人，以及贵妇小姐们来来往往，一个个都显得高贵文雅，不同寻常。他们或相对而过，或站在一起，或行，或停，来往穿梭如织。我想起刚才在大门前面看见的几辆马车，心中了然。他们有的沉痛，有的忧虑，有的慌张，每个人都神情不安。那紧张忙乱的匆匆皮鞋声、草履声，在具有一种凄凉感的医院高高的天花板、宽敞的窗门以及长长的走廊之间回荡着异样的声音，越发透出阴森凄惨的气氛。

片刻之后，我走进外科室。

我和医学士对视一眼，他嘴角浮现出一丝微笑，双臂交抱，稍稍仰坐在椅子上。手术即将开始，他肩负着几乎事关整个上流社会是喜是忧的重大责任，却冷静沉着，仿佛等待着晚宴入席，如此之人恐属罕见。室内有三个助手，临场见证的医学博士一人，还有红十字会的护士五人。护士中还有佩挂勋章绶带者，令人感觉是高贵部门颁赐。此外没有其他女性，还有什么公爵、侯爵、伯爵在场，都是亲属。病人的伯爵丈夫一副难以形容的愁苦脸色，凄然而立。

外科室纤尘不染，极其明亮，仿佛是一处凛然不可侵犯之地。在室内人们的注视下，在室外人们的忧虑中，伯爵夫人躺在室内正中间的手术台上。她身穿纯洁的白衣，横陈如尸，脸色苍白；鼻梁高挺，下巴尖细，四肢纤弱似难以承受绫罗之重；唇色稍淡，皓齿微露，双目紧闭，蛾眉似蹙；青丝轻束，浓密散乱枕边，落在手术台上。

只是看一眼这位身体虚弱，但气质文雅、清纯高贵、冰肌玉骨的夫人的芳容，我就不由得不寒而栗。

我忽然瞧一眼医学士，他似乎无动于衷，不为任何感情所动，沉稳平静，泰然自若，唯独他一人坐在椅子上。这种异常的镇定固然让人感觉可靠放心，但在我见过伯爵夫人病容的眼里，只觉佩服之至。

此时门被轻轻推开，刚才我在走廊里遇见的三个侍女中最显眼的那个，轻手轻脚走进来。

她来到伯爵面前，声音低沉地说道："老爷，终于不哭了，乖乖地待在别的房间里。"

伯爵默默点了点头。

护士走到医学士跟前，说道："那就请您开始吧……"

"好的。"

然而，传到我耳朵里的医学士的声音有点颤抖。不知何故，他的脸色稍有变化。

我想，无论什么样的医学士，一旦面临这样的大场面，不可能不会担心。我不禁对他表示同情。

护士领会医学士的意思，回身对侍女说道："那什么……已经准备好了，就请你……"

侍女心领神会，走近手术台，双手优雅地垂膝，文静地施一礼。"夫人,现在给您送上药。麻烦您一边闻一边数伊吕波①或一二三的数字。"

伯爵夫人没有回答。

侍女战战兢兢地重复一遍:"您听见了吗?"

夫人"啊"了一声,算是回答。

侍女确认道:"那您同意了吧?"

"什么,是麻醉药吗?"

"是的。说是就一会儿工夫,请您睡到做完手术为止。不然就做不了。"

夫人默然,思考片刻,然后明确说道:"不,算了。"

众人面面相觑。侍女劝说道:"夫人,那样就无法治疗了。"

"噢,无法治疗就不治疗了。"

侍女无法回答,回头看着伯爵。伯爵走上前,说道:"太太,说话不能这么固执,怎么能说无法治疗就不治疗了呢?你可不要任性。"

侯爵也从旁插嘴道:"这么固执的话,就把小姐带来让你看看,不赶快治好怎么行呢?"

"好。"

侍女从中周旋道:"这么说,您同意了?"

---

① 一种将日语假名排列次序的方法。

夫人吃力地摇了摇头。一位护士声音柔和地问道:"您为什么这么不愿意呢?其实一点也不难受,迷迷糊糊的,一会儿就好了。"

这时,夫人眉头动了一下,歪了歪嘴,好像瞬间经受着无法忍受的痛苦。她眼睛半睁半闭,说道:"如果你们这样强迫我,我也没办法。其实呢,我心里有个秘密。听说麻醉药会让人胡言乱语,我心里害怕。如果不睡过去就无法治疗的话,那不治也罢,算了吧。"

如此说来,伯爵夫人害怕在睡梦中泄露心中的秘密,宁死也要守口如瓶。作为丈夫,听她这么说,心中会怎么想呢?要是在平时,这么一句话必定会惹起风波,但如今是照顾病人,无论什么事情也只好不去追究。而且夫人亲口表示自己有不可告人的秘密,考虑到夫人的心情,伯爵温柔地说道:"太太,难道也不能告诉我吗?嗯……"

夫人断然回答:"是的,谁也不能告诉。"

"即使闻了麻醉药,也不一定就会说胡话。"

"不,我如此挂念在心,肯定会说出来的。"

"这……你怎么这么固执?"

"实在对不起。"

伯爵夫人似乎一切都不管不顾。她想翻身,但虚弱的身体根本无法侧身,听见她牙齿咬得咯吱咯吱响。

在场的人中，唯有医学士不动声色。刚才不知何故，他一时失态，但现在已恢复过来，神态自若。

侯爵愁眉苦脸地说道："贵船，那只好把小姐带来，让夫人看看。不管怎么说，面对可爱的孩子，她会改变主意的。"

伯爵点点头说："阿绫，你去吧。"

侍女回头答道："噢。"

"你去把小姐带来。"

夫人连忙阻拦："阿绫，你不要去。为什么非要睡觉才能治疗呢？"

护士无可奈何地微笑道："因为要把胸部切开，要是您身体一动，就很危险。"

"不，我坚持得住，一动不动，尽管给我开刀好了。"

我对她这种无知的天真不禁感到阴森可怕。我想，大概不会有人敢看今天的手术。

护士又说道："夫人，无论如何也会有些疼痛的，这和剪指甲不一样。"

这时，夫人睁大眼睛，神志清醒，声音凛然地说道："执刀的是高峰大夫吧？"

"是的，他是外科主任。但即使是高峰大夫，也做不到无痛开刀。"

"好了，不会痛的。"

"夫人，您的病情不是那么简单的，需要削肉切骨。请您忍耐一会儿吧。"临检的医学博士第一次开口劝说。除了关云长，谁也无法忍受。

然而，夫人毫无惊慌之色，说道："这我知道，不过一点关系都没有。"

伯爵愁容满面。"病情太重，看来脑子糊涂了。"

侯爵在一旁说道："我看今天就算了，你觉得呢？以后再慢慢劝说吧。"

这时，医学博士见伯爵没有异议，大家也都同意，便出面阻拦道："再耽误就无法挽救了。其实你们对她的病情不够重视，结果治疗一点也不见进展。什么考虑感情之类，完全就是迁就。护士，你们把病人按住。"

在如此威严的命令下，五个护士一拥而上，围住夫人，打算按住她的手脚。她们的责任就是服从，只是服从医生的命令，根本不需要考虑什么感情。

夫人气息微弱，拼命呼喊侍女："阿绫！快来，来啊！"

温柔的侍女急忙上来，挡住护士，声音颤抖地说道："噢，你们先等一等。夫人，对不起，请您原谅。"

夫人脸色苍白，说道："你们怎么也不答应吗？那好，即使我痊愈了，也要死去。我说了，就这样动手术吧，不要紧的。"

她抬起白皙细瘦的双手，费力地一点点松开前襟，露出冰清玉洁的酥胸，毅然决然说道："来吧！杀死我也不会痛的。我会一动不动，放心好了，开刀吧。"那声音斩钉截铁，心如坚石。夫人毕竟身份高贵，集威严于一身，满堂噤若寒蝉，未有应声者，甚至也无人敢咳嗽，一片安静。此时，一直如死灰般纹丝不动旁观的高峰从容地起身，离开椅子。

"护士，手术刀。"

"噢……"一个护士圆睁眼睛，犹豫不决。大家都十分惊愕地注视着医学士。这时，另一位护士微微颤抖着，取过一把已经消毒的手术刀，递给高峰。

医学士接过来，轻移脚步，直接走到手术台前。

护士小心翼翼地问道："大夫，这行吗？"

"啊，行吧。"

"那我们按住吧。"

医学士稍稍举起手，示意不要按住。"不用，用不着。"

话音刚落，医学士就利落地将患者的前襟分开。夫人双手交抱肩膀，一动不动。

这时，医学士如宣誓般，以庄严深沉的语调说道："夫人，我将负责任地进行手术。"

这时,高峰显示出一种异常神圣不可侵犯的风采。

"请吧。"夫人一声回答,苍白的脸颊立刻泛起红潮。她目不转睛地凝视着高峰,从容面对指向胸口的锋利的手术刀。

只见鲜血倏然从胸口涌流出来,染红白衣,犹如红梅绽于寒雪上。夫人神态依旧,脸色苍白如纸,果然镇静自若,连脚趾都一动不动。

医学士的动作疾如脱兔,无比神速,眨眼工夫就切开伯爵夫人的胸脯。众人自不待言,就连那位医学博士也无从置喙。众人之中,有的浑身哆嗦,有的掩面未视,有的转身背对,有的低头忍耐。我则忘乎所以,身心冰凉。

仅仅三秒时间,他的手术进入关键阶段,刀刃触及骨头。

"啊!"——拼将浑身力气挤出的一声惨叫。这是二十天来甚至无法翻身的夫人发出的声音。她如机器一般,身子猛然跳动,一下子坐起来,双手紧紧抓住高峰执刀的右臂。

"痛吗?"

"不。因为是你,因为是你才不痛……"

伯爵夫人话说到这里,无力地仰着脸,以无比凄惨悲哀的目光,最后一次凝视着这位名医。"可是,你,你,大概不认得我了!"

话音未落,她一只手抓住高峰手里的刀,猛力深深刺进自己的乳房下面。医学士脸色煞白,战栗发抖。"我没有忘记。"

他的声音,他的呼吸,他的身姿。他的声音,他的呼吸,他的身姿。伯爵夫人喜悦地泛出纯真的微笑,撒开高峰的手,一下子倒在枕头上,嘴唇失去了色泽。

当时两人的状态,仿佛他们的身边变成了一个没有天地、没有社会、没有人的世界。

下

算起来那是九年前的事,当时高峰还是医科大学的学生。有一天,我和他在小石川植物园散步。五月五日,正是杜鹃花盛开的时节。我们携手在芳草鲜花之间流连,绕行园内的池塘,欣赏花团锦簇的紫藤。

我们打算转道去攀登杜鹃花盛开的山丘,正沿着池边行走的时候,只见迎面过来一群游客。

走在前面的是一个身穿西服、头戴高筒礼帽、蓄胡子的汉子,中间是三位女子,走在后面的是同样装束打扮的汉子。他们是贵族的马车夫。中间的三位女子都打着伞面弧度很大的阳伞。和服下摆窸窸窣窣,声音清脆雅致,袅袅娜娜款款而来。迎面过去以后，高峰情不自禁地回头凝视。

"看见了吗？"

高峰点点头。"嗯。"

于是我们登上山丘观赏杜鹃花。花色虽美，但不过绯红而已。

旁边的长椅上，两个看似商人的年轻人在聊天。

"阿吉，今天可遇见好事了。"

"可不是嘛。偶尔也要听从你的意见。要是去逛浅草，不到这儿来，哪有这眼福啊。"

"三个人都跟花儿一样，分不清哪个是桃花哪个是樱花。"

"不是有一个梳圆髻的吗？"

"反正高攀不起，管它是圆髻、束发，还是赤熊髻呢。"

"可是，那一身打扮，按理应该梳文金高岛田髻的，怎么梳成银杏髻……"

"银杏髻，不能理解吗？"

"嗯，跟打扮不搭配。"

"人家那是微行，要尽量做得不张扬。你瞧，正中间那个格外漂亮吧。另一个是她的替身。"

"你看她的衣服是什么颜色的？"

"淡紫色。"

"哦，不光是淡紫色啊，瞧你这书呆子样儿，这可不像你。"

"那是因为她光彩照人，我都不敢抬头看，只是低着脑袋。"

"这么说，你就盯着她腰带以下的部分看啰？"

"瞎说什么啊！惶恐之至，看没看都不知道。啊，怪可惜的。"

"还有，再瞧那行走的姿态，独一无二，犹如身驾彩霞，飘然轻盈。那举止文雅端庄，那身段婀娜娉婷，我是第一次看见。毕竟是生长于贵胄之家，自然而然地身处高层，岂是下等俗人所能效仿的？"

"别说得这么可怕。"

"说实话，你也知道，我曾对金毗罗许愿，三年之内下决心再也不逛妓院。可是，那又怎么样？我身上带着护身符，不是半夜三更还去吉原红灯区吗？奇怪的是居然没有遭到报应。但是，今天，就是今天，我真正誓愿，再也不瞧一眼那些丑女人。你看，这边那边都闪烁着红灯，那简直就是垃圾，像是蛆在蠕动。无聊透顶！"

"你说得太过分了。"

"我这可不是开玩笑。你瞧，她们有手有脚，穿着的和服和外褂都很华丽，也同样是打着阳伞，站在那里。毫无疑问，她们都是人，是女人，而且是年轻的女人。对，是年轻的女人，可是与我们刚才有幸看见的女子比起来，怎么样？土得掉渣。怎么说呢？肮脏透顶。那也同样是女人？哼，听着都烦人。"

"哎呦喂，越说越不像话了。不过，也的确是这样。以前哪，只要遇见稍有姿色的女人，就情不自禁地……也给和我一起走路的你添了不少麻烦。可是，见过刚才那位女子，我心里顿时感到舒畅，觉得轻松。从今以后再也不碰女人了。"

"那你这一辈子就娶不上老婆啦，因为那位小姐大概不会主动说要嫁给你源吉吧。"

"那可是要遭报应的，不可能有的事。"

"可是，如果她真的说要嫁给你，你怎么办？"

"说实话，我会逃跑。"

"你也逃跑啊？"

"嗯。你呢？"

"我也跑。"

两人互相看着对方，一时无语。

"高峰，走一走吧。"

我和高峰一起站起来，在远远离开那两个年轻人的时候，他深有感触地说道："啊，真正的美能打动人心，正如刚才所见。这是你的专业，努力钻研吧。"

我是画家，所以心有所动。行数百步，隐约瞥见远处高大樟树茂密葳蕤的幽暗绿荫下，有淡紫色的衣襟下摆一闪而过。

走出植物园，只见有一对壮硕的高头大马，镶着毛玻璃的马车上，三个马夫正在休息。九年过后，在医院里发生了那起事件。可是，在这期间，关于那个女子，高峰对我只字未提。不论从年龄还是地位来看，他都理应娶妻成家，然而他没有妻室，而且比学生时代更加品行端正，行为严谨。我不应多说了。

他们俩在同一天先后去世，只是分别埋葬在青山墓地和谷中墓地。

试问天下的宗教家：他们二人会因为有罪而不得升天吗？

白发鬼

冈本绮堂
1872—1939

生于东京。在东京府立一中上学时开始创作剧本。后担任新闻记者，同时开展戏剧评论。参加歌舞伎革新运动，发表《修禅寺物语》等新歌舞伎剧本。1916年开始创作短篇小说《半七捕物帐》，确立了"捕物帐"这个新型体裁。此篇发表于1928年的《文艺俱乐部》。

一

S律师如是说——

我这个人对鬼怪故事不怎么感兴趣,既不听,也不讲,但年轻时候遇到一件怪事,这个谜团至今尚未解开。

大约十五年前,我在神田的一所法律学校读书,便在离麴町的半藏门不远的地方寄宿而居。虽说是出租屋,但不是专门的出租房,而是住户把自家的房子改造一下,修了七间客房,最多只能住七个人。房东是一位主妇,看上去年过半百,举止文雅大方。此外还有她二十七八岁的女儿,以及一个女佣。这三个人负责照顾房客的日常生活。住的时间一长,逐渐听说这个房东颇有资产。长子在京都的大学读书。听说这个儿子在毕业回来之前,觉得终日无所事事地吃喝玩乐很无聊,也很寂寞,就半是为了好玩,想出这个主意,开始做这个生意。所以与一般的出租屋不同,房东对待房客如同一家人，十分亲切，这让所有的房客都满心高兴。

因此，我们把房东主妇称为"太太"。虽说将出租房的老板娘称为"太太"有点怪，但如前所说，她为人的确文雅和蔼，感觉叫她"老板娘"很不合适，所以大家不约而同地称她"太太"，称她的女儿为"伊佐子小姐"。她家的姓氏——姑且称为"堀川"吧。

十一月初一个晴朗的夜晚，我去四谷须贺町参拜鹫神社。早就听说东京的酉市，可是一次也没去过。尽管如此，我还是不敢到浅草，所以打算就在附近的四谷转一转。吃过晚饭，散步般溜溜达达地走去，应该说我实在不是虔诚的参拜者。今天是酉市的第一天，天气也好，熙熙攘攘，生意兴隆。我在人群中挤来挤去，在神社内外转了一圈，来到电车道上。这里也有很多摊床，颇为热闹。我在人群中转悠的时候，忽然听见有人叫我：

"唧呀，须田，你也来了。"

"唧呀，你也来参拜吗？"

"也可以说是参拜吧。"

那人笑着把手里的小耙子和竹枝串着的芋头给我看。他名叫山岸猛雄（这也是假名），和我住在一起。我们并肩而行。

"真热闹啊。"我说，"你买这些东西干什么？"

"送给伊佐子小姐。"山岸笑着说，"去年给她买过，今年也沿袭喜庆的惯例。"

"很贵吧?"我对这些东西的价格一无所知。

"我狠狠杀价了……不过,今天是酉市的第一天,生意人可盛气凌人了。"

我们一边闲聊一边走到四谷见附一带。山岸在一家咖啡店门前停下脚步,说道:"怎么样?喝一杯茶吗?"

他先走进去,我也跟着他进去。恰好角落有一张桌子空着,我们便坐下,点了红茶和小点心。

"须田你不喝酒吧?"

"不喝。"

"滴酒不沾吗?"

"滴酒不沾。"

"我也一样。要是能喝一点就好了……"他似乎若有所思,"这两三年,我努力练过,争取能喝一点,可还是练不出来。"

本来不能喝酒,为什么非喝不可呢?我当时还年轻,觉得有点不可理解,看着山岸的笑脸。他叹了口气,让我觉得其中有难言的苦衷。

"哦,当然,你还是不喝为好,但像我这样,还是稍微能喝一点为好……"他重复一遍,接着忽然笑起来,继续说道,"要问为什么嘛……就是不会喝酒,会被伊佐子小姐瞧不起,啊哈哈哈……"

山岸怎么想不清楚,但伊佐子想接近山岸,似乎对他频送秋波,这在房客中人尽皆知。堀川一家人中,伊佐子是长女和姐姐,去京都读书的长子是弟弟。她二十一岁那年出嫁,第二年丈夫病故,所以回到娘家,此后一直单身,虚度七八年光阴,身世令人可怜。这些事我们也略有所闻。她容貌出众,性格与母亲不同,开朗活泼,但苍白的鹅蛋脸总给人一种凄苦的感觉。

山岸三十岁上下,身体棒,气色好,一句话,就是仪表堂堂的男子汉。而且乡下的老家似乎很富裕,每月寄来不少钱,所以他衣着光鲜,花钱大方。不论从哪个方面来看,他都是七个房客中最优秀的,所以伊佐子小姐看上他也在情理之中。我们还听说了这样的传闻,太太对女儿看上山岸似乎也是默许的。所以,我今天听山岸亲口谈起伊佐子小姐,也不觉得奇怪,当然更没有丝毫的嫉妒之心。

我笑着问道:"伊佐子小姐喝酒吗?"

"这……"山岸歪着脑袋,"我不太知道,大概不喝吧,因为她甚至还劝我不要喝酒……"

"可是,你刚才不是说,要是不会喝酒,会被伊佐子小姐瞧不起吗?"

"啊哈哈哈……"

他笑声太大,旁边四张桌子的顾客都惊讶地回头看着这边,我感觉有点难为情。喝完茶，吃过点心，山岸结账，两人又走到大马路上，只见硕大的冬天的月亮高挂在堤坝的松树上方。虽然天气晴朗，但毕竟是十一月初，寒冷的西北风仿佛在为我们送行。

走过四谷见附，来到麹町大街，跨过一座桥，感觉世间突然变得安静下来。山岸仰望着消防署的火警瞭望台，突然问道："你相信有鬼魂吗？"

没想到会被问这个问题，我没有心理准备，一时难以回答，踌躇片刻，还是如实说道："嗯，我对鬼魂没有研究。可是怎么说呢……还是不相信吧。"

"是这样啊。"山岸点点头，"就连我也不想相信，所以你是真的不相信。"

他说完以后，便沉默下来。由于生意上的关系，我现在对客户相当能说会道，但学生时代属于少言寡语的类型。对方不说话，我也不开口。两人踩着街树的落叶，一路默默无语，走过大半的麹町大街，山岸突然停下脚步。

"须田，吃鳗鱼吗？"

我看着山岸的脸，在四谷刚刚喝过茶，又要在这里吃鳗鱼，总觉得有点异常，便试探性地说道："噢？"

"你在家里吃过晚饭了吧？我从下午出来到现在还没吃饭。本想在那家咖啡馆吃点什么，乱哄哄的，也就算了。"

原来他下午就出来了，晚饭还没吃，刚才在四谷就吃了两块小点心，估计肚子不乐意了。不过，吃鳗鱼感觉有点奢侈。但他手头充裕，大概吃顿鳗鱼也不足为奇。对我们这样的穷学生来说，那确实有点奢侈。如今在一般餐馆都能吃到便宜的鳗鱼，但当时肯定很贵。尤其是山岸打算进去的这家鳗鱼餐馆，在这一带属于高级餐馆，所以我表示谢绝。

"那你一个人去吃吧，我先回去了。"

山岸没让我走。"那可不行，好了，陪陪我吧。其实呢，也不仅仅是吃鳗鱼，我还有点事想和你聊聊。真的，不蒙你，真的有话跟你说……"

我推辞不掉，被他带上鳗鱼餐馆的二楼。

二

我觉得有必要先说明一下山岸和我的关系。

山岸对我有一种特殊的亲切感，除了是在同一户人家寄宿的房客之外，还因为我们俩都立志从事同样的工作，而且我对他这个前辈一直十分敬重。我正在学校研读，立志将来当律师，自然尊重比我年长的山岸。不只是年龄上的差别，在学识上，我也与他相距甚远。山岸不仅法律知识渊博,而且还精通英语以及德语、法语。所以我很高兴能与他寄宿在同一户人家,经常跑到他房间请教问题,他都不厌其烦地耐心讲解。因此,山岸可以说是我的恩师,我对他倍加尊重,他也很喜欢我。

然而,只有一点我百思不得其解,就是山岸参加了四次司法考试,都没有及格。那么精湛的学力水平,那样的胆略魄力,怎么考试就通不过呢?就我所知,那些在学力上不如山岸的人都考过了。当然,考试需要碰运气,实力雄厚的人也未必胜券在握,但不是一两次,而是连续四次都名落孙山,这令人难以理解。

"我这个人胆小,吃的就是这个亏。"

山岸对我这么解释,但据我观察,他绝非胆怯懦弱。他不是进入考场就怯场的那种心虚者。他体格魁梧,能言善辩,口齿伶俐,无论哪一个考官都应该录用他的,可就是次次落榜,这只能说是不可思议。由于老家寄钱充足,所以他每次遇到挫折,也没见他沮丧气馁,依然心平气和地过着寄宿生活。他已经请我在这家餐馆吃过两三次鳗鱼了。

"你年轻,正是长身体的时候,刚才吃的晚饭应该早就消化了。别客气,吃吧,吃吧。"

在山岸的劝说下,我不客气地吃起来。虽然要了一瓶清酒,但两个人几乎都没喝,只是埋头吃鳗鱼。在等待追加的烤鳗鱼上桌的时候，山岸语气平静地说道："其实呢，我打算今年回老家去。"

我大吃一惊，一时说不出话来，只是默默地盯着他的脸。山岸表情略显严肃地说道："实在很突然，你也许会感到惊讶。我也决定死了这条心，回老家去。想来想去，似乎律师这个职业与我无缘。"

"这不可能。"

"我也想过这不可能。我相信不应该是这样的，就像相信这世上没有鬼魂一样……"

刚才他说到鬼魂，现在又提及鬼魂，这引起我的注意。但是，我只是静静地听他讲。他继续说道："你说你不相信鬼魂。当然，我以前也不相信。不但不相信，听到别人说鬼魂，就觉得很可笑。然而，我就是因为受到鬼魂的折磨，最终不得不放弃自己的目标。在从不相信鬼魂的你们眼里，也许觉得这个说法简直是荒谬绝伦。好了，你嘲笑我好了。"

我怎么能笑得出来。既然山岸亲口这么说，肯定有相当的根据。可是，我不相信这世间存在鬼魂，所以半信半疑，依然默不作声。山岸也不说话，默默地看着天花板上的电灯。宽敞的二楼餐厅就我们两个人，从各个角落渗出来的夜间寒气砭人肌骨。

可是，现在也不过九点，外面电车来来往往的轰隆声不绝于耳，楼下烤鳗鱼噼里啪啦的扇扇子声也清晰地传来。从心理感觉上说，无论是头顶上电灯的昏暗，还是壁龛里插花的白茶花影子的孤寂，都还没有酝酿出足以谈论鬼魂的气氛。山岸当然不会在意这些，他只是把想说的事情说出来。片刻之后，他转过身来，继续说道：

"我自己这么说也许不合适，其实我一直学习勤奋，相信律师资格考试绝对没问题。也许是自命不凡，但就是这么自信。"

"那是当然的。"我立即说道，"像你这样，不可能考不过。"

"但就是没考过，这就奇怪了。"山岸无奈地笑了笑，"你大概也知道，今年是第四次，每次都彻底落榜。我自己都觉得不可思议……"

"我也觉得非常不可思议。究竟是怎么回事？"

"是这样的……刚才我说过，我受到鬼魂的折磨。这事儿实在是无稽之谈，我也觉得荒唐透顶。然而这是事实，不能不承认。我对谁都没有说过。第一次参加考试的时候，正在认真答题，眼前忽然模模糊糊地出现一个女人。那是考场啊，不可能出现女人的。这个女人身体消瘦，个子很高，满头白发，穿什么衣服看不清楚，但面容很清晰。我一看白头发，以为是老人，但看她的容貌，瓜子脸，肤色白皙，年龄在三十上下。所以难以确定真实的年龄，但肯定是头发雪白。她站在我的桌子前面，像是在看我的答案，我手中的笔变得迟钝起来，脑子也麻木茫然，不知道自己写的是什么……你认为这女的是什么？"

"可是……"我一边思考一边说，"考场里摆着很多考生的桌子吧，而且还是在白天……"

"是的，是的。"山岸点头，"大白天，玻璃窗外阳光明媚。考场里并排坐着很多人。可那个白发女人就是出现了。当然，别人看不见，坐在我旁边的考生照常平静地答题。不管怎么说，我在这个女人的捣乱下，写的答案一塌糊涂，自己都看不明白。只要考官不是睁眼瞎，根本不可能给我及格。第一次考试就这样失败了，但是我并没有悲观气馁。一方面我这个人天生心宽，另一方面我家里的生活相当富裕，所以赋闲一两年也不愁吃喝，放心得很。"

"那你对这件事是怎么想的？"

"我认为是神经衰弱造成的。"山岸回答道，"虽然我这个人心宽，但考试之前的学习还是很紧张的。尤其是当时刚从学校毕业不久，每天晚上都学习到两三点。我判断是神经衰弱所产生的幻觉，所以并不觉得奇怪。"

我追问道："后来她再没有出现过吗？"

"你听啊，故事在后面呢。当时我在神田寄宿，周围十分嘈杂，更刺激我的神经，使之兴奋过敏，于是搬到小石川。第二年，我参加了第二次考试，结果和第一次一样。那个白发女人又站在我的桌子前面，目不转睛地看着我答题。我心里骂道'你这浑蛋，又来了'，但不敢和她对抗，觉得头晕目眩，像坠入梦幻之中……结果答案又是谬误百出……但是，我依然没有悲观失望，还认为是神经衰弱的问题。接着，我到湘南休养了三个月，每天轻松游玩，感觉脑子清醒过来了，于是回到东京，又搬到新地方寄宿。这就是现在居住的堀川的家。这个新居是我感觉最舒适的家，心想在这里可以专心致志地用功学习，十分高兴。去年是我第三次考试。身体恢复了健康，考试的套路也十分熟悉，这一次绝对没问题。我干劲十足，充满自信。我精神抖擞地走进考场，答题顺利流畅，但考试开始没多久，那个白发女人又出现在我的桌子旁边。她的模样和前两次一样，就不再详述了。我只好垂头丧气地离开考场。"

听了这天方夜谭般的叙述，我也仿佛坠入梦境。这时，追加的烤鳗鱼端了上来，我已经没有精神动筷子了。这不仅仅是因为已经吃饱。山岸也只是看着盘子，没有拿筷子。

三

继续谈话比吃鳗鱼重要，于是我重新提起话头："这一次也是神经衰弱造成的吗?"

"唉……"山岸轻声叹一口气,"如此一来,我也开始思考。每次考试的成绩都向家里汇报,但没有说白发女人这件事。因为我觉得谁也不会相信,反而怀疑我故意捏造怪诞的事情为自己的落榜开脱,那样的话也太卑劣了,所以我一直都归咎于自己学习不够努力。是吧?你觉得呢?那个白发女人,就我一个人看见,别人都不知道,即使我再三再四强调确有此事,也不会有人相信。何况自己也判断是神经衰弱引起的幻觉,认为没有必要向家里人报告,多一事不如少一事,就把这事搁在一边。可是,三次考试都出现这种怪象,三次都没考上,这不免让人觉得奇怪,开始怀疑。这时候接到父亲来信,让我回老家一趟。父亲在九州的F町开了一家律师事务所。他结婚早,二十三岁那一年就生下我,去年才五十二岁,在当地的同行中很吃得开。正因如此,我才能优哉游哉地晃荡……父亲大概对我的屡战屡败感到吃惊,叫我回去一趟。于是我去年年底到今年正月回老家了……这你也知道……回到东京的时候,你觉得我有什么变化吗?"

我摇摇头。"没有啊,我没注意。"

"是嘛。即使像我这样的人,三次没考上,回到老家,在父亲面前也还是感觉羞愧的。为自己的落榜进行辩解是人之常情。我自我辩解的时候,把白发女人的事情顺口说了出来。父亲一听,忽然紧闭嘴唇，盯着我的脸，片刻之后语气严肃地问道：'你说的是真的？'我回答'是真的'。父亲又沉默下来，后来一直没有说话。我的疑惑越来越深。看父亲那个样子，我猜测其中肯定有什么蹊跷之事，似乎不能仅仅说是单纯的神经衰弱的问题。那一次谈话没有继续下去。两三天过后，父亲对我说，不要去东京了，也不要参加律师资格考试。我心想闲待着也不是事，便恳求父亲：'让我再去一次。万一今年的考试再落榜，我就下决心回来。'在我极力恳求下，终于获得父亲的同意，于是我又到东京来。所以，今年的考试对我来说是背水一战，平时吊儿郎当的，这次却要认真对待，不敢懈怠。你们都没有察觉出来，看来我表面上还是一副满不在乎的样子。"

山岸又无奈地笑起来，继续说道："但是，今年考试的结果还是那样子……还是那个白发女人作怪，她照样出现在考场，妨碍我答题。自不待言，我在考场的座位每次都不一样，但是她总是如影随形地出现在我面前，无法避开。我受到这个鬼魂——大概只能称之为鬼魂吧——再三再四的捣乱干扰，简直气昏了头。我真想索性下决定和她周旋到底，看谁的耐性大、意志坚强，明年再来考。可是两三天前，老家的父亲来信让我这次无论如何必须回去。这是正月和父亲的约定，我不能过于倔强地不守承诺。还有一点给予我强烈的震撼，父亲在信中说了这样一段话：'即使勉强及格,选择律师这个职业,我感觉也会成为给你的未来带来不幸的根源。所以,你应该下定决心回乡,从事其他职业。我知道让你放弃多年的志向肯定很痛苦,不是只逼迫你这样做,我自己的律师职业也打算只干到今年,明年便撤销律师资格注册。'"

我不由得插嘴问道:"这是为什么?"

"不知道什么缘故。"山岸若有所思,"可是,虽说不知道,又感觉似乎知道点什么,所以我下决心离开东京,打算年内回老家。父亲在F町附近拥有相当大的土地,也许他打算养花种草,安度晚年。我或许和他一起经营园艺,或许另找工作,这个等回去以后再慢慢考虑。"

一种孤独的感觉一下子袭上心头,心情忧郁低沉。不知道出于什么原因,父亲的律师工作停业,儿子也放弃律师资格考试回老家。这本就会让听的人心情沉重,再加上平时尊敬的前辈弃我而去,更无法忍受这种空虚失落的滋味。我低头沉默不语,山岸又接着说道:"今晚的话只对你一个人说,不能泄露给任何人。记住,对太太和伊佐子小姐暂时也不能说。"

太太另当别论,伊佐子小姐要是知道此事,一定惊诧万分。我能想到她的可怜模样。但这个场合不应该说三道四,只能按照山岸的要求表示同意。

追加的烤鳗鱼,我们都没有动筷子,剩下来怪可惜的,就叫店里装在食品盒里带回去。山岸说送给伊佐子小姐。小竹耙、芋头，加上烤鳗鱼，我想到一无所知的伊佐子小姐收到这么多礼物，一定兴高采烈，心里越发凄冷孤寂。

走出店外，秋末冬初的寒风更加强劲。我们一路默默地走回住处。

四

伊佐子小姐收到礼物，果然喜不自胜。太太也很高兴。正因为送礼的人是山岸，让伊佐子小姐更是心花怒放。我想到这一点，可怜的心情顿时变成悲哀，便敷衍地问候几句，匆匆回到自己的房间。

堀川家出租给房客的房间是二楼七间、一楼两间。山岸住在一楼六叠大的房间，我住在二楼东面角落四叠半的房间。说是东面的角落，因为东面与邻居的两层住宅相邻，所以倚臂窗面对北面的街道，背阴寒冷。像今晚这样寒风劲吹，听到窗户震动的声音，就感觉夜间的寒气逼人。我没有学习的情绪，便立刻钻进冷飕飕的被窝里，却怎么也睡不着觉，精神得很。我想，睡不着觉才是正常的。

我反复思考今晚听到的事情。那个白发女人究竟是谁呢？山岸似乎认为是鬼魂。可是，鬼魂在光天化日之下出现在众目睽睽之中，我怎么也无法相信。而且，当山岸把这件事透露给父亲的时候，他发现父亲的态度有点奇怪。我推测他父亲可能知道点什么内情，尤其他本人明年律师工作停业，而且叫儿子不要去考律师资格，这其中必定有难言之隐。我对这些现象进行综合性的考虑，感觉这是与律师职业相关的一个秘密。山岸没有叙述详情，但这次父亲在来信中可能透露了这个秘密，这也许促使山岸终于放弃己见，突然决定回乡。

我的想象逐渐扩展开来。山岸的父亲是律师，在一起官司中担任辩护人。这起案件应该不是刑事案件，而是民事案件。是为原告还是被告做辩护不得而知，但判决的结果对某位妇女极其不利。这个妇女就是白发女人。她可能因此而自杀，也可能是气死了，但不管怎么死的，肯定至死都在诅咒山岸的父亲。难道不是她愤怒的魂灵以幻影的形式出现在考场，折磨他的儿子山岸吗？

如果这样解释的话，作为鬼魂故事的情节应该说得通，但此种类似小说的鬼魂事件实际是否存在，不能不画一个大大的问号。

刚才忘记问山岸，这个白发女人是只在考场出现呢，还是平时也出现？这一点必须弄清楚。听山岸的叙述，似乎平时没有出现。我得找个机会确认一下。这些事情让我翻来覆去,思前想后,不觉听见附近米店的公鸡第一声报晓。

大概昨夜刮风的缘故,第二天早晨气温陡降,仿佛冬天来临。昨晚一夜没有睡好,感觉早晨的寒气更加逼人,但我还是匆匆吃过早饭,照常去学校。此时风停日出,蓝天高远。

下午从学校回家,一路上忐忑不安,担心我不在家的时候是不是发生了什么事。回来一看,堀川家中一切如常,看不出有什么变化,伊佐子小姐和往常一样正在干活。山岸好像也在自己的房间里安静看书。我放下心来。晚上六点左右,伊佐子小姐给我的房间端来晚饭。这个季节的六点,暮色沉沉,狭小的房间里灯光明亮。

伊佐子小姐说:"今天相当冷啊。"我看她原本苍白的脸色显得更加煞白。

"嗯,要是这么冷下去,真受不了。"

伊佐子小姐平时送饭来,把食案和饭桶放下就离去,但今晚她半蹲半跪在门口,问道:"须田先生,您昨晚是和山岸先生一起回来的吧?"

"噢。"我故意含糊地回答。因为我心想,这时候伊佐子小姐无论打听山岸的什么事,我都不便回答。

"山岸先生对您说什么了吗?"果然,伊佐子小姐开始打听。

"说什么……什么事啊？"

"可是，这一阵子，山岸先生的老家经常来电报。这个月，一周就来了三封电报，最近还有信件。"

"是吗？"我装作一无所知的样子。

"我觉得应该有什么事情吧……您一点也不知道吗？"

"不知道。"

"山岸先生昨天晚上什么也没说吗？据我推测，可能山岸先生要回老家去吧……他没对您说吗？"

我心里扑通一跳，但既然山岸叮嘱我对外保密，就不能随便开口。伊佐子小姐似乎看透了我的心理，向我膝行一步。

"我说啊，您平时和山岸先生关系特别好，交往最多，所以您应该知道他的事吧？请您不要隐瞒，告诉我，好吗？"

伊佐子小姐想了解山岸的情况，也在情理之中，可是我不便回答。虽然同住在一个大家庭里，但是我不清楚伊佐子小姐与山岸的关系进展到什么程度，因此更是难以回答。既然已经向山岸承诺保密，我只好忍住心中的难受，言不由衷地重复"不知道"。

伊佐子小姐的脸色越来越难看，说出一句出人意料、令人震惊的话："哦……山岸先生是一个可怕的人。"

"怎么可怕了？"

"昨天晚上，他不是把烤鳗鱼给我，说是送给我的礼物吗？这里面有问题。"

据伊佐子小姐说，昨晚她拿到烤鳗鱼的时候，时间已经很晚了，就放在橱柜里，打算第二天吃。这附近有一只黑色的大野猫，今天上午偷偷溜进来，趁女佣不注意，叼起一串烤鳗鱼跑走，在屋后的垃圾堆里吃掉了。您猜怎么着？这只猫立刻呕吐死掉了，好像是中毒的样子。

听她这么一说，我觉得此事与自己也有一点关联，不能充耳不闻。我心有狐疑地问道："猫就是因为吃了烤鳗鱼中毒的吗？那其他烤鳗鱼还留着吗？"

"令人毛骨悚然，于是我和母亲商量，让她把剩下的烤鳗鱼都扔掉了。小竹耙也拆了，芋头也扔了。"

"可是，我们也吃了烤鳗鱼，到现在都没事啊……"

"所以说他很可怕。"伊佐子小姐的眼光变得尖锐犀利，"说是送给我礼物，看似很亲切的样子，其实是图谋毒死我们。不然的话，你们吃烤鳗鱼什么事都没有，给我们吃的烤鳗鱼却有毒，这不奇怪吗？"

"是很奇怪……可是对这件事，你们误会了。那份烤鳗鱼不是特地给你们要的礼物，而是我们自己追加的，结果没有吃，就打包带回来送给你们……我和他始终在一起，他绝对没有把毒药放进去的行为。这个我可以千真万确地保证。也许是烤鳗鱼放一个晚上变质了,也许是猫吃别的东西中毒了,无论如何,这与山岸先生还有我毫无关系。"

我诚恳地解释澄清,伊佐子小姐还是未能释疑,不仅没有说"错怪你们了",还满脸愠色地盯着我,这让我甚感不快。

我用盘问般的口气问道:"你为什么这么怀疑山岸先生?仅仅是因为死了一只猫,还是另有原因?"

"不是没有别的原因。"

"那是什么原因?"

"不能告诉您。"伊佐子小姐语气坚决,一副"别多管闲事"的态度。

我越发恼火,但转念一想,跟这个突然变得歇斯底里的女人争论也是白费口舌,便不再说话,转过身去。这时听见下面太太叫唤伊佐子小姐的声音,她也默默离去。

我一边吃饭一边思考。假如这真的是毒杀,那事情非同小可。如果不仅是伊佐子小姐,连太太也坚信的话,我觉得自己有义务主动为山岸昭雪申冤。但是,我必须先确定山岸是否已经知道事情闹得这么大。我吃完饭,立即下楼到他的房间。山岸不在,他比我先吃完饭,出去散步了。

我也心烦意乱,不想回二楼,便随意溜达到外面。回头一看,看见太太追上来,喊道:"须田先生,须田先生……"

我停下来。大概离家十五六间①的样子,路旁有一个红色的邮筒,显得孤零零的。我站在那里等她。太太小跑过来,一边回头一边小声问我:"嗯……伊佐子……对您说什么了吗?"

我正考虑怎么回答,太太急切地问道:"伊佐子说了烤鳗鱼的事吗?"

"说了。"我断然回答,"她说黑猫吃了昨晚的烤鳗鱼后死了……"

"猫死了是事实……可是,伊佐子那样胡乱猜测,我也觉得不合适。"

"这完全是伊佐子小姐的胡思乱想,稍微动脑子想想就知道,山岸先生怎么会做那样的蠢事呢?"

我的语气相当不客气。太太略微显出犹豫不决的样子,但还是一边回头看后面一边悄声说道:"不知您是否知道,这一阵子山岸先生经常收到老家来的电报和信件,女儿非常在意,总是唠叨说山岸先生大概要回老家……"

我不客气地反问道:"如果山岸先生回老家的话,那会怎么样?伊佐子小姐和他有什么约定吗?"

太太面带难色,沉默不语。我见她这样,心里也就明白了。

---

① 日本长度单位,1 间约为 6 尺(约 1.82 米)。

正如其他房客所推测的那样，山岸与伊佐子小姐之间肯定有一线相连，太太对此是默认的。于是，我又说道："从山岸先生的为人来看，万一他真的回老家，也不会突然说走就走。肯定事先会向你们解释清楚，想方设法把事情圆满解决。你们不要过于担心。至于伊佐子小姐所说的烤鳗鱼，这件事绝对是冤枉了山岸先生。"

我把对伊佐子小姐说的话重复一遍，太太点点头。"是这样的吧，您说的没错。山岸先生怎么会做出那样可怕的事情呢？我心里很明白，可伊佐子这一阵子疑神疑鬼的，她平时可不是这样的性格……"

"是歇斯底里的症状吗？"

"是嘛……"太太皱起眉头，显得苦恼的样子。

我对伊佐子小姐感到气愤，但看到这位老实善良的太太郁闷烦恼的脸色，又心生可怜，想安慰她几句。这时，邮递员过来打开邮筒取信，我们只好离开。

这时，我回头一看，发现伊佐子小姐站在门口，屋檐下的浅红灯光映照出她的身影,似乎正远远地看着这边。我们有点吃惊，伊佐子小姐大概也觉得已经被我们看见，急忙隐进屋里。

五

　　太太回去以后，我独自朝麴町大街方向走去。一辆小车从前方驶来，四周黑暗，却觉得车前灯光线比较微弱，心想有点奇怪。就在车子从我面前驶过的时候，我看见车里坐着一位妇女。那妇女满头白发，我不由得毛骨悚然，迈不动步子。车子如一阵风驶过，不知是驶向何方还是消失得无影无踪。

　　这大概是我的幻觉吧。肯定是幻觉。因为我听了山岸说的白发女人鬼魂的事情，所以把车里的妇女错看成那个女人。即使那个妇女真的是满头银发，世间白发老妇也多了去了，仅凭这一点不能一味断定就是对山岸作祟的鬼魂。尽管明白不应介意此事，但还是感觉阴森森的，心里发毛。

　　"哈哈，我原来这么胆小啊。"

　　我自我嘲笑着，故意大步往前走，来到灯光明亮的电车路。虽然没有昨晚那样的寒风，今晚也相当冷。我也不看沿途的商店，一路溜达到四谷见附，自然而然地加快了回家的脚步。我没戴帽子，也没穿大衣，所以感觉寒气逼人，同时心里愈发不安：出来散步的这段时间，家里是否发生了什么事。离家越近，我的脚步越快。走进胡同，月色如霜，四周明亮，远处传来狗叫声。

　　一走进堀川家门，果然令我惊吓万分。就在我从四谷见附往返的这段时间里，伊佐子小姐服毒自尽了。山岸还没回来。伊佐子小姐是在山岸明亮的房间里自杀的。据说她的腰带里夹着一张写给母亲的字条，只有简单的一行字："我是被山岸这个男人杀死的。"太太也是惊魂未定，因为是服毒自尽，不能自己随意处理。我回来的时候，看见警察正在验尸。

因为女佣无意中说出猫死这件事，所以我一回到家里，警察就向我了解情况。这时，山岸晃晃悠悠地回来了。现场的初步审问无法弄清真相，警察当场就把山岸带走了。伊佐子小姐肯定死于自杀，但由于猫死和她留下的写有"我是被山岸这个男人杀死的"这句话的字条，必须对山岸进行详细周密的审讯。

关于警察的审讯，听说山岸坚决否认与伊佐子小姐有任何关系。他说："就一次，今年夏天的一个傍晚。我在英国大使馆前面的樱花树下乘凉散步，伊佐子小姐从后面过来，我们一起聊天散步不到一个小时。记得她问道，您为什么不结婚呢？我笑着说，好几年律师资格考试都落榜的人，大概没人愿意嫁给我吧。她说要是有人愿意嫁给您，您会怎么办？我回答说真有这么亲切的女人，当然很高兴啊。如此而已，后来伊佐子小姐没再对我说什么，我也没再对她说什么。"

听说太太陈述的意见是："女儿好像暗恋山岸先生，我也略有察觉。我当然希望成功，让女儿如愿以偿，但他们之间应该没有任何关系。"

两个人的供述内容一致，这样看来，只能说是伊佐子小姐对山岸回老家感到悲观失望，即所谓的失恋自杀。可以推测，把猫杀死也是伊佐子小姐的所作所为，她为了检验毒药的性能，就把毒药抹在烤鳗鱼上给猫吃。据说对猫的尸体解剖检验，证实与伊佐子小姐服的毒药是一致的。

难以理解的，只是伊佐子小姐为什么以猫死作为山岸企图毒死她们母女的证据而吵吵嚷嚷呢？恐怕只能解释为失恋造成的一种歇斯底里症状，没有深入探讨的必要。

因此，山岸平安无事地被释放出来。这起案件就这样结束了，风平浪静。但有一件奇怪的事，就是伊佐子小姐尸体的头发自然地变色了，入殓的时候变成了老妇人那样的白发。有人说大概是剧毒药物的毒性所致，但是在守灵那天夜晚，太太说了这样一件事："那天晚上，我和须田先生分手后回到家里，不见伊佐子。刚才明明看见她进屋，会去哪里呢？我坐在起居室的火盆前的时候，听见外面有停车的声音，心想大概有人来吧，可一直没有动静。奇怪，明明听见停车的声音。我起身一看，外面什么也没有。于是我出去转了转，这时女佣慌慌张张地叫喊着'出大事了，出大事了'跑过来。我惊慌地回到屋里，看见伊佐子倒在山岸先生的房间里。"

所有的人都默不作声地听着，山岸也沉默着，只有我觉得无法沉默。我刚想说"那辆车……"，话到嘴边，却咽了下去。太太一无所知，我觉得不要对她多余地提起此事。

伊佐子小姐的葬礼结束的第二天，山岸乘坐夜间火车回故乡F町。我到东京站送行。

记得那是一个天上没有一颗星星的寒冷的黑夜。在候车室的时候，我把汽车那件事悄悄告诉山岸。他只是点头。我问道："那个白发女人，你只是在考场的时候看得见吗？其他时间里也能看见吗？"

"居住在堀川家以后，平时也经常看见。"山岸平静地回答，"现在可以说，那个女人的长相与伊佐子小姐一模一样。大家说她死后头发变白了，可是在我眼里，她的头发始终就是雪白的。"

我不由自主地感觉身体绷紧，这时，发车的铃声响了。

古琴幻音

夏目漱石
1865—1916

生于江户牛込。东京大学英文科毕业。1900年留学伦敦。回国后发表《我是猫》，获得好评。代表作还有《少爷》《草枕》《三四郎》《心》等，在日本文学史上影响深远。因久患胃溃疡，在创作《明暗》期间逝去。此篇发表于1905年的《七人》。

"少见啊,你好久没来了吧?"津田一边将油灯凸出的过长的灯芯捻细,一边问道。

津田说话的时候,我正一边用三根手指在紧得要撑破膝盖的裤子上旋转着相马烧陶器茶碗的底部,一边思考。从今年正月见过面,到樱花盛开的今天,我没有到津田的住处来过。

"心里总想着来,可就是忙得抽不出时间……"

"这么说来,忙得够呛吧。毕竟和在校时候不一样,这一阵子也还是要到下午六点吗?"

"差不多吧,回到家里,吃完饭就睡觉。别说读书了,连洗澡也都是马马虎虎的。"我把茶碗放在榻榻米上,流露出后悔毕业的神情。

津田听了我的话,似乎产生些许同情之心,说道:"这么说,好像是有点瘦了,看来平时很辛苦哦。"可能是心理作用吧,本人拿到学士学位后感觉有点发胖,我心里正为此而窝火。桌子上摊开着一本书，看似很有意思，右页上还有铅笔批注。我心想这小子竟然有这闲工夫，又是羡慕又是嫉妒，同时对自己的处境生出了不满。

"你还是老样子，爱读书。这是什么书啊？还在上面批注，查阅得挺认真的嘛。"

"这本吗？什么呀，就是讲鬼魂的书。"

津田一副满不在乎的表情。在这浮躁纷扰的社会里，居然能潜心阅读冷门的鬼魂书籍，那就不仅是悠闲自在，更是一种奢侈的境界了。

"我也想轻松地研究鬼魂啊，可每天从芝回到小石川的尽头，别说研究，自己都快变成鬼魂了。一想到这些，心里就没底。"

"噢，对了，刚才忘了。你的新家怎么样？独门独户，自己当家做主的心情怎么样？"津田不愧是研究鬼魂的，提的问题都很直接和深入。

我实话实说："没什么当家做主的感觉。好像还是寄宿比较轻松。要是方方面面都整理得井井有条，可能会有主人的心情，可是成天用铜壶烧水、用洋铁盆洗脸，这哪儿像个家主啊。"

"那也是家主，你只要想着这就是我的家，心里总觉得愉快吧。因为'拥有'大致总是伴随着'爱惜'，这是原则。"津田从心理学的角度给我解释人的心态。看来所谓学者，就是给你解释你没有让他解释的各种事情的人。

"我不知道把这个住处想象成是自己的家会是什么心情,因为我根本不认为这是我的家。只是我的名字无疑代表了住处的主人,所以门口贴着我的名片。这是房租七元五十钱的家主。说是家主,也不是出色的家主,不过是家主中的属官①。既然是家主,就应该是敕任家主,至少也要是奏任家主,不然心里就不痛快,只会比寄宿更麻烦。"我没有多加考虑,口无遮拦地大发牢骚,然后窥视对方的脸色。如果对方表示同意,哪怕是同意少许,我就立即继续抱怨下去。

"嗯,也许真理就在这里。至今还在寄宿的我与拥有独门独户的你,立足点本来就不一样。"他的话显得颇为难懂,但基本上还是赞同我的意见。看样子,再继续发点牢骚也无大碍。

"首先,回到家里,老太婆就把账本拿到我面前,精细汇报今天买大酱花了三钱,买了两根萝卜,买了一钱五厘的斑豆。真叫人烦透了。"

寄宿的津田轻巧地说道:"嫌烦,不叫她汇报就是了。"

"我也认为不必这样汇报,但老太婆不答应。我说没必要——听这些东西,你适当处理就行。她说那可不行,这家没有女

---

① 日本战前的官制中,属官指各省判任官的文官,为下级官吏。下文的敕任官指由敕命任命的官职,二等以上的高级官吏;奏任官指三等至九等的官吏。

主人，既然让我管理厨房，一钱一厘都不能有差错。坚决不听我这个主人的话。"

"那你就哼哼哈哈地装作听的样子。"津田似乎认为人的心理可以不受外部的任何刺激，自由自在地活动。这倒不像是心理学家的模样。

"这还没完，啰里巴唆的算账汇报完了以后，就请示我明天要吃什么菜，要仔细地指导。"

"你就让她自己瞧着办吧。"

"可是，让她自己瞧着办，她对菜肴根本就没有明确的观念，真叫人没法子。"

"那你吩咐她办理就是了。对你来说，安排几道菜不是轻而易举的事吗？"

"我要是轻而易举能做到，就不至于这么发愁了。我对菜肴的知识也贫乏得很。比如她问明天的'御御御付'用什么配料，我一下子回答不上来……"

"你说什么？什么叫'御御御付'？"

"就是大酱汤。这老太婆是东京人，按照东京人的说法，把大酱汤叫作'御御御付'。她问拿什么做大酱汤的配料，我就必须把可以作为酱汤配料的东西在脑子里整整齐齐地列出来，再从中选择。把这些配料想出来是我的第一大困难，在想出来的配料中取舍是第二大困难。"

"吃一顿饭都如此困难，实在太惨了。因为你没有特别爱吃的东西，所以才困难。当对两种以上的东西怀有同等程度的好恶时，原则上会给决断力造成迟钝的影响。"他又故弄玄虚，把浅显明白的事情说得云山雾罩。

"我本以为商量一下酱汤的配料就完事了，没想到她还到处干涉，而且干涉得不是地方。"

"哦，还是饮食上的吗？"

"嗯，每天早晨端来酸梅干拌砂糖，一定要我吃一个。要是不吃，她就不高兴。"

"吃了会怎么样？"

"她说吃这个可以消灾祛病，这是非常灵验的符咒。她的理由也很可笑，说是全日本所有的旅馆，每天早晨都要给客人送上酸梅干。符咒要是不灵，就不会成为普遍的习惯。所以每天很得意地拿来给我吃。"

"嗯，言之有理，一切习惯皆因其相应功力而得以维持，所以对酸梅干也不能一概排斥。"

"怎么连你也偏袒老太婆，让我越来越感觉不到当家主的心情。"我把抽了一半的香烟甩到烟灰缸的烟灰里，那白色的东西在散乱的火柴棍残根中斜斜地形成一个"一"字。

"这老太婆是有些陈规陋习。"

"岂止陈规陋习,就是愚昧迷信。好像每个月都要去传通院两三次,找和尚商量什么事。"

"是不是有当和尚的亲戚啊?"

"什么啊!和尚为了赚点零花钱,就给她算卦。那和尚也是满嘴胡说八道,真难办。从我有这个家开始,就说什么鬼门啊、事事不顺啊,实在受不了。"

"你不是有了这个住处以后才雇的那个老太婆吗?"

"搬进去的时候她过来的,可之前就已经谈妥了。其实那个老太婆也是四谷的宇野介绍的,母亲说应该靠得住,让她独自留在家里也放心,就这样决定下来了。"

"这么说,这个老太婆是你未来的妻子的婆婆选中的,应该是信得过的人。"

"人是信得过,但就是迷信太深,令人震惊。搬家前三天,跑到那个和尚那里算卦。那和尚说现在不宜从本乡向小石川移动,不然家里一定有大祸降临——这不是信口开河吗?一个和尚,装作无所不知的样子,妄语骗人,这算什么事啊!"

"可这是他的生意,没法子。"

"要是做生意,也可以理解。但你收了人家的钱,说点好话不就得了。"

"别发这么大火,又不是我的罪过,也解决不了。"

"另外,他还无中生有地说我是年轻女子的克星,弄得老太婆大惊小怪的。如果我家里有个年轻女子,就自以为是地断定是我最近打算娶过门的宇野的女儿,一个人为她担心。"

"她还没到你家里来吧?"

"还没来就开始瞎操心,自寻烦恼。"

"弄得我都不知道你这是取笑老太婆呢,还是真心苦恼。"

"好像这不算什么事。可是啊,最近听见有野狗在我家附近远远地嚎叫……"

"野狗嚎叫和老太婆有什么关系?我根本联想不到。"津田微微蹙眉,连他自鸣得意的心理学都无法解释了。我故意不急不慢地说道,给我一杯茶。这种相马烧的茶碗低档而俗气,甚至听说原本是贫穷士族做副业烧出来补贴家用的。当津田拿出三十匁[①]的粗茶往这个粗糙的茶碗里给我斟茶的时候,我觉得有点恶心,都不想喝。看一眼碗底,却画着狩野法眼元信流派的奔马。那充满活力的腾跃的骏马令我欣赏,但不能因为欣赏奔马,就必须喝不想喝的茶,没有这个道理,于是我并未端起茶碗。

津田说:"你喝吧。"

"这匹马很有气势,瞧这甩尾摇鬃的样子,大概是一匹野马

[①] 日本明治时期的度量衡单位,1 匁为 3.75 克。

吧。"我没有喝茶,却赞美起马来。

"说正经的,本以为是老太婆突然变成野狗,这野狗又突然变成野马,也太急迫了。后来到底怎么样了?"津田就想打听后来发生的事情。我不喝茶,他倒也无所谓。

"老太婆说,这狗叫的声音可不对,肯定是这一带出现怪异的事情了,一定要小心提防。可是说要小心提防,提防什么呢?本打算不予理睬,却吵得烦人。"

"嚎叫得那么厉害吗?"

"什么啊,狗叫一点也不吵人,我这个人睡得跟死猪一样,什么时候狗叫,怎么叫,一无所知。就是老太婆,等我醒来的时候过来唠叨不停,烦死人了。"

"你瞧,老太婆也没有在你睡觉的时候跑过来,叫你小心提防啊。"

"可是很不巧,我的准媳妇得感冒了。这下可好,正如老太婆预料的那样,事情凑在了一起,真让人受不了。"

"不过,宇野的小姐还在四谷,用不着为她担心吧?"

"就是这个迷信的老太婆说她担惊受怕。她受到什么莫名其妙的算卦人的蛊惑,说要是你不搬家,小姐的病就很难痊愈,所以这个月无论如何也要搬到方位好的地方去。烦透了。"

"也许动一动有好处。"

"瞎说什么呢！最近刚刚搬过来的，老这么搬来搬去，不让我倾家荡产啊？"

"可是病人不要紧吗？"

"连你说话也这么不着调，是不是也信传通院那个和尚了？别这么吓唬我。"

"不是吓唬你，我只是问病人不要紧吗。我是担心你妻子的安康呢。"

"肯定不要紧。虽然有点咳嗽，也就是流感嘛。"

"流感？"津田突然大声叫起来，吓了我一跳。这次是真的被他吓坏了，我说不出话来，只是盯着他的脸看。

"你可要注意。"津田的第二句话声音低沉。这低沉的声音与刚才响亮的说话声形成鲜明的对照，仿佛穿透耳底一直渗入脑子里。不知是什么缘故，像细而硬的针般一直扎到根部，那具有穿透力的低沉声音刺进了骨头。感觉一个眼珠大小的黑点啪的一下打在蔚蓝色的天空上，是会消失得无影无踪呢，还是融化流淌呢？说不定会变成武库山的落山风。这个眼珠般的黑点的命运取决于津田的解释。我不由自主地端起相马烧的茶碗，咕嘟咕嘟地把冷茶喝下去。

"不注意不行。"津田以同样的语气重复同样的事情。那眼珠般的黑点更加发黑，但没有流淌也没有扩大的迹象。

"不吉利啊，尽吓唬人。哇哈哈哈……"我故意做作地大声笑起来，却感觉是窝窝囊囊、有气无力的空洞的声音，于是笑到一半赶紧止住。可是越听越觉得这笑声极不自然，心想不该停下来，还是要笑到最后。不知道津田听到我的笑声是什么样的感觉，当他再次开口的时候，依然是刚才的语调。

"其实是这么回事，就是前不久的事情，我一个亲戚得了流感，觉得不是什么大事，没怎么管它，结果第一周就转成肺炎，最后不到一个月便死了。当时医生说，最近这场流感毒性很大，弄不好就转成肺炎，一定要小心——简直不敢相信，太可怜了。"津田一开始讲述，就是一副悲戚的表情。

"噢，这是意外吧。为什么会转成肺炎呢？"我有些不放心，还是打听了一下事情的原委，以便自己参考。

"你问为什么，其实也没有什么异常征兆——所以说啊，你一定要注意。"

"可不是嘛。"这四个字包含着我满腔的认真。我聚精会神地凝视着津田的眼睛，他的表情依然十分悲戚。

"真是让人接受不了，接受不了，想都不敢想。二十三四岁就死去，太可惜了。而且她的丈夫还在战场上……"

"哦，是女的啊？那真可怜。丈夫是个军人……"

"嗯，她丈夫是陆军中尉，结婚还不到一年。我给她守夜，也参加了她的葬礼,她的母亲痛哭流涕……"

"那是肯定的,谁都会哭……"

"葬礼那一天,雪花纷飞,天气很冷。念完经准备下葬的时候,她的母亲蹲在墓穴旁边,一动不动。雪花落在她的头发上,点点斑白,我就打开阳伞为她挡雪。"

"真让我感动,没想到你还会体贴别人。"

"她太可怜了,我看不下去。"

"是啊。"我又看着法眼元信的奔马,心想自己的脸色一定受到了对方悲戚之色的感染。我忽然想打听这个女人的丈夫的情况。

"她丈夫在那边没事吧?"

"她丈夫跟随黑木军,倒是安然无恙,也没有受伤。"

"得知妻子去世的消息,他大概大吃一惊吧?"

"不是啊,说起来不可思议,他还没有收到日本发出的信函,妻子就已经先到部队去探望他了。"

"你说妻子去他那里?"

"见他去啊。"

"这是怎么回事?"

"怎么回事?就是去见他啊。"

"他的妻子不是死了吗?"

"死了以后去见他的。"

"胡说什么啊！不管怎么思念丈夫，谁有这本领啊？简直和林屋正三[①]的鬼怪故事一样。"

"呀，事实上她真的去了，这没办法。"津田固执地坚持愚蠢的主张，不像一个受过教育的人。

"你说没办法——好像你亲眼所见似的，可笑之极。你说的话可当真？"

"当然当真！"

"真让我震惊，简直和我家的老太婆一样。"

"老太婆也好，老大爷也好，这都是事实，没办法。"津田有点激动，不像故意耍弄我的样子。这就怪了，要是他说得一本正经，这里面大概有什么怪异的隐情。津田和我进入大学以后不是一个专业，但是高中时期曾经同班。当时我的排名一般在四十名之后，而津田先生的名次始终屹立在二三名，以此观之，他的脑子肯定比我聪明，高出我三十五六人之上。既然这个津田如此激动地为自己辩护，看来所说之事并非一派胡言。我是法学学士，对于此事真伪，除了运用自己的常识进行判断外，没有从其他角度进行思考的本事，其实不如说不愿这么做。什么鬼魂，什么幽灵作祟，什么因缘报应，我最讨厌思考这些捕风捉影的怪诞事情。不过，我对津田的脑子还是有点佩服。既然这位我所佩服的先生

---

① 日本上方落语的名家。

一本正经地谈论幽灵鬼怪,从情面上说,我也想改变对这个问题的态度。其实我一直认为鬼魂和轿夫①自明治维新以后已经永远消失了,可听了津田刚才这一席话,似乎觉得这鬼魂不知什么时候重新复活了。记得刚才问他摊在桌子上的是什么书,他回答说是鬼魂的书。反正了解一下也没什么坏处,我平时忙忙碌碌,难得有这样的机会,于是决定认真听一听他的高论,说不定对将来有所参考。我看津田也有继续谈下去的意思。一个想说,一个想听,事情就这么简单地决定下来。正如汉水西南流是千古不变的规律。

"我后来逐渐打听明白,原来妻子在丈夫上战场前就对他发过誓。"

"发过什么誓?"

"留守期间,万一病死,不能就此分别。"

"哦……"

"我的魂魄一定到你身边,再见你一面。她的丈夫是个军人,性格豪爽,便笑着说道:好啊,什么时候来都可以,让你见一下战场。后来,丈夫就去了满洲。听说丈夫后来把这件事忘在脑后,根本没放在心上。"

---

① 轿夫,指的是江户时代在驿站或大街上从事抬轿子、搬运货物的体力劳动者,因其中品质恶劣者较多,故也指无赖、敲诈勒索者。

"是嘛，即便像我这样没上过战场的，也会忘掉。"

"丈夫动身的时候，妻子给他买了东西，听说其中有一面可以随身带的小镜子。"

"嘿，你调查得够详细的。"

"那倒不是，后来她丈夫从前方来信，才知道这件事的来龙去脉……她的丈夫一直把这面镜子带在身上。"

"嗯。"

"有一天早晨，他和往常一样，掏出镜子随意看了看，突然发现镜子里的头像——平时都是自己胡子拉碴脏兮兮的脸庞——太奇怪了……太不可思议了。"

"怎么回事？"

"镜子里出现的竟然是妻子消瘦憔悴、脸色苍白的病容……让人难以置信，问谁都说是撒谎。我没看到前方来信之前也不相信。但是，前方发出的信函是在这边寄出死亡通知书三周前。要是撒谎，那时他拿什么撒谎呢？而且也没必要撒这样的谎嘛。在生死难测的战场上，谁还有闲心像写小说一样编造这种荒诞离奇的故事寄到国内呢？一个人也没有吧。"

"不会有这样的人。"我嘴里这么说，心里还是半信半疑。虽然半信半疑，但还是生出一种毛骨悚然的、与法学学士不相称的恐惧感。

"妻子没有说话,只是从镜子里面一声不响地凝视着丈夫。这时,两人分手时妻子说的那一番诀别的话,忽然如旋涡般在丈夫的心中翻腾着涌上来。信上说当时的心情如同热锅上的蚂蚁,心急如焚。"

"真是怪事。"津田甚至引用了信函的原话,好让我相信他所说的确有其事。我有一种危险惊惧的感觉,如果这时津田哇地大叫一声,我一定会跳起来。

"我查看一下时间,发现妻子咽气与丈夫在镜子里看见妻子的时间,竟然是同一天、同一时刻。"

"这更是不可思议。"此时此刻,我开始相信这的确是一种怪异现象,但还是不放心地问道,"这种事有可能发生吗?"

"我这里就有写这种事的书。"津田从桌子上拿过刚才那本书,冷静地回答道,"最近好像能证明这种事确有可能。"我想在法学学士不知不觉的时候,心理学学者复活了鬼魂,便觉得对鬼魂也不能小觑。不懂的事情就不能开口,不懂是因为自己没有才能。关于鬼魂,法学学士只能无条件地服从文学学士。

"别人的细胞远距离地感受到某人的脑细胞,发生一种化学变化……"

"我是法学学士,听也听不明白。你就告诉我,这种事在理论上具有可能性,是吧?"像我这样脑子糊涂的人不喜欢听条理分明的分析，最简单的方式是知道结论就可以。

"啊，最终的归结点是这样。这本书也举了很多例子，其中布鲁厄姆勋爵看见的幽灵跟刚才所说的现象简直如出一辙，很有意思。你知道布鲁厄姆吧？"

"布鲁厄姆？布鲁厄姆是谁啊？"

"英国的文学家啊。"

"怪不得不知道。文学家的名字，不是我自夸，我就知道莎士比亚、弥尔顿，还有其他两三个人。"

津田大概觉得和我这种人讨论学术问题是白费口舌，把话题转回来："所以啊，你要认真注意宇野的小姐的病情。"

"嗯，我会让她注意的。可是我没有对她发誓，万一有什么事，我一定会见她。这不要紧吧？"我嘴里说着俏皮话，心里却感觉有点不愉快。掏出怀表一看，快十一点了。这可糟了，老太婆在家里大概被狗叫弄得苦不堪言。我必须立即回去。津田说"过几天去认识一下这个老太婆"，我一边回答"我请你吃饭，一定要来"，一边离开了白山御殿町的出租屋。

前两三天，绯樱尽情绽放，那美不胜收的姿容让我陶醉，感觉春天就要来临。可今天大概连绯樱也后悔开得太早了。前天，暖风吹帽，额头沁出细细的油汗，与粘在帽上的尘土一起被风儿轻轻拂去，想到这里竟然感觉遥似去年一般。昨天开始骤然变冷，今晚就更冷了。虽然不是春寒料峭的时节，我却不合时宜地竖起大衣领子。从聋哑学校前面慢慢下到植物园旁边的时候，听见不知何处撞击的钟声，在黑夜中荡漾出涟漪，从空中跌宕起伏而来。我想已经十一点了吧。不知道敲钟报时是谁发明的。以前从来没有注意过，其实认真地侧耳倾听，会发现钟声的回音十分微妙。一个声音就像把黏性很大的年糕撕成碎片那样裂成几块，到了感觉要断裂的时候，声音变细，与下一声连接在一起。声音连接起来，似乎变粗了，却又如笔毫那样自然而然地细下去——我一边走一边听着那忽长忽短的声音，感觉自己的心跳也随着钟声的波段起伏伸缩，最后呼吸仿佛与钟声合拍相融。今夜我怎么也不像一个法学学士，快步走到巡警岗亭拐角的时候，冷风夹着大大的雨滴打在脸上。

极乐水是一个阴森的地方，虽然最近两旁盖上了简陋的住房，不像过去那样死气沉沉，可是住家的左邻右舍阒寂无声，看似无人居住，让人心情很不舒服。贫民少不了活动。世间并不认为不劳动的贫民是丧失了贫民的本性而活着。我要穿过的这个极乐水的贫民区如此沉寂，一幅怎么鞭打也苏醒不过来的景象——实际上他们大概都已经死了吧。雨越来越密。我没有带伞，说不定回到家里会淋成落汤鸡。我厌烦地咂着嘴巴，抬头望着天空。雨水从黑暗的深处潇潇而降，看来一时半会儿停不下来。

我忽然看见在前面五六间远的地方有一个白色的东西。那东西停在道路的正当中,我伸长脖子观察的时候,那白东西不容分说地朝这边过来。不到半分钟时间,就从我右侧疾步掠过。我一看,像是在橘子箱上罩了一块白布,两个身穿黑衣的男人用木棍前后抬着走过去。大概是去葬礼或者火葬场吧。箱子里装的肯定是死去的婴儿。两个黑衣男人没有说话,只是默不作声地抬着棺木走去。他们卖力地埋头抬棺,似乎认定半夜抬棺是天下最合理的事情。我略感好奇地目送着棺木消失在黑暗里,回过头的时候,听见前方传来说话的声音。声音不高不低,但因为夜深人静,感觉回响格外强烈。

一个说"有的人昨天出生今天死去",另一人回答道"命啊,这就是命,没办法"。两个黑影又从我身边掠过,迅速消失在黑暗里。只有追赶棺木的急促的木屐声在雨中回响。

我心里重复着"有的人昨天出生今天死去"这句话。如果有人昨天出生今天就死去,那么更应该有人昨天患病今天死去。吸了二十六年世间之气,即使不得病,也具备死去的资格。如此想来,今天在四月三日夜间十一点走上极乐水,说不定就是走向死亡——我不想继续往上走,停下脚步站在坡道上。可是,站立不动,说不定就是站在死亡线上——于是我继续迈步前行。我以前一直没有意识到死亡竟然如此搅乱人心。一旦意识到这一点,行也不安，站也不安。这个样子，即便回家钻进被窝里，说不定还是忐忑不安。为什么以前对此事满不在乎呢？回想起来，在学校的时候忙于考试和棒球，没时间思考死亡；毕业以后，终日与钢笔、墨水打交道，再加上工资低廉，还要听老太婆的牢骚，所以依然没有时间思考死亡。我这样漫不经心的人也知道人是要死的，但今天夜里我生来第一次实际感觉到死亡。夜这个无比巨大的黑暗者，让我感觉到无论是行还是停，都从四面八方紧紧封闭着我、逼迫着我，非要把我的形体融化在其中不可。我这个人原本漫不经心，坦率地说，对功名利禄看得很淡。就是死去，也没什么可留恋的。虽然无所留恋，但还是非常不愿意死，无论如何也不想死。我第一次发现自己原来这么不愿意死。雨越下越密，我摸了一下湿漉漉的大衣，像按压吸水的海绵似的挤出水来。

我穿过竹早町，准备走上切支丹坡。不知道为什么取名切支丹坡，可这个坡道也和名字一样奇怪。走上坡道的时候，我想起前些日子经过这里，看见有一个木牌从堤坝一侧斜着竖过来，上面写着"日本第一陡坡，要命者务必小心再小心"，觉得很滑稽，不由得笑起来。可是今夜我笑不出来。"要命者务必小心"这句话如同圣经里的格言一样浮现在脑海里。坡道很暗，偶尔下坡，不小心脚下一滑，就会摔个屁股蹲儿。我觉得危险，在八合目一带眺望下面，想寻找可以作为目标的东西。可一片漆黑，什么也看不见。古老的朴树从左边的堤坝肆无忌惮地将枝叶伸展过来，遮蔽住整个坡道，密不透光。即使是白天，下坡的时候也会提心吊胆，生怕掉入谷底。我心想大概可以看见朴树吧，抬头一看，黑乎乎的，要说看得见也看得见，要说看不见也看不见，只听到雨水的哗哗声。走下这黑咕隆咚的坡道，沿着谷间小路走上茗荷谷七八丁，就能回到我位于小日向台町的家。但是这上坡让我感到恐惧。

茗荷谷坡的半道上有一团鲜红的火光。说不好是从正面看到的还是抬头的时候看到的，反正透过雨水，看得清清楚楚。我觉得可能是立在房子门前的煤气灯吧，可是那火焰摇摇摆摆，如同在秋风中摇晃的盂兰盆节的灯笼——那不是煤气灯，又是什么呢？我注视着，忽然看见那火焰如波浪一样在雨水和黑暗中上下穿行——我终于判断那是灯笼的火光的时候，它忽然消失了。

看到这火光的时候，我猛然想起露子。露子是我未来妻子的名字。露子和火光有什么样的关系，也许心理学者津田也无法解释。但不能因为心理学者无法解释，我就想不起来。这团红色的、鲜艳的、如无尾火绳般的火光的确让我刹那间想起未来的妻子——同时，火光熄灭的瞬间让我毫不犹豫地想到露子之死。我摸了摸被油汗和雨水濡湿的额头，滑溜溜的。我不顾一切地往前走去。

下到坡底，便是山谷小路，走到尽头还要西拐，爬一道缓坡，然后又是一条新的山谷小路。这一带是所谓的山边红土，只要稍微下点雨，地面就十分泥泞，仿佛要把木屐的齿粘下来。黑黢黢的夜，鞋子深陷土里，直到脚后跟，迈一步都很不容易。我弯弯曲曲地一路埋头艰难走去，在一道看似种植着枸杞的墙垣的拐弯处，我再次猛然看到了红色的火光。我仔细一看，原来是巡警。巡警把火光几乎贴近我的脸颊，说道"不好意思，你路上小心点"，然后与我擦肩而过。我想津田说的"你可要注意"与巡警说的"不好意思，你路上小心点"这两句话相类似，心头立即如铅一样沉重。就是那火光！就是那火光！我气喘吁吁地跑上去。

　　我不知道这一路是怎么走过来的，疾如流星般奔回家里时，大概将近十二点。老太婆一只手拿着灯芯短小的昏暗油灯从里屋跑出来，失声惊叫起来："少爷，您怎么回事？"我看她脸色苍白。

　　"老奶奶，你怎么啦？"我也大叫起来。老太婆害怕我问她什么，我也害怕老太婆问我什么，所以互相询问对方，但互不回答，只是互相盯视了对方片刻。

　　"哎呀，水，水都滴下来了。"老太婆提醒我。果然，从湿漉漉的大衣下摆、礼帽的帽檐流下的水珠滴滴答答地落在榻榻米上。我捏着礼帽顺手一扔，帽子滚落在老太婆膝盖旁边，白缎子的里布朝上，对着天花板。我脱下灰色的切斯特菲尔德大衣，抖一下扔出去，感觉比平时要沉重得多。我换上和服，打了个寒战。老太婆见我逐渐恢复正常，又问道："您怎么啦？"这次她也稍微平静下来。

"什么怎么啦？没怎么啊，就是被雨淋湿了。"我尽量掩饰自己的心虚。

"不，您的脸色就不正常。"不愧是传通院和尚的信仰者，她还真会相面。

"你是怎么回事啊？刚才好像有点牙根打颤。"

"少爷怎么嘲笑我都不要紧……可是，少爷，这可不是闹着玩的。"

"嗯？"我不由得心头一紧，"怎么回事？我不在家的时候发生什么事了？是四谷来人报告病情了？"

"您瞧瞧，您对小姐的事情如此挂念在心……"

"说什么来着？是来信？还是来人？"

"既没有来信，也没有来人。"

"那是来电报了？"

"也没有电报。"

"那是怎么回事？快一点告诉我！"

"今天夜里的叫声和以往不一样。"

"你说什么？"

"这您还不明白吗？我从傍晚就提心吊胆的，总觉得非同寻常。"

"怎么回事？你快一点告诉我啊！"

"就是前些日子我说的狗。"

"狗？"

"噢，就是狗在远处嚎叫。要是照我说的办，就不会出现这种事，可您说我迷信，太不把我当回事了……"

"什么这种事那种事，不是什么事都没有吗？"

"不，少爷您在回家的路上，一定挂念小姐的病情吧。"老太婆一针见血。我觉得刀刃在黑暗中寒光一闪，击打在心胸间。

"那肯定是要挂念的。"

"是吧，还是有预感。"

"奶奶，你觉得真的有预感吗？你有过这样的体验吗？"

"那倒没有，人们不是自古以来就说乌鸦叫不吉利吗？"

"噢，我好像听说过乌鸦叫不吉利的说法，可狗叫不吉利，好像就听你一个人说过……"

"不，您……"老太婆以极其轻蔑的口气断然否定我的质疑，"是一码事。我这个老太婆对狗叫知道得可清楚了。事实胜于雄辩，只要我觉得这其中有事，没有不准的。"

"是吗？"

"别瞧不起老年人的话。"

"那当然，没有瞧不起的意思，我明白这一点，所以什么都听你的……可是，这狗叫真的靠谱吗？"

"您还是怀疑我说的话。那好，您明天去四谷一趟，那边肯定发生了什么事，我这个老太婆敢保证。"

"肯定发生了什么事，这可不好。有什么办法吗？"

"所以我叫您早搬家啊，可您固执得很……"

"以后我不固执了……总之，明天一早我去四谷看看，现在就去也行……"

"您要是现在去，我一个人在这儿可待不下去。"

"为什么？"

"为什么？我害怕啊，坐立不安。"

"那你还惦念四谷的事情。"

"惦念归惦念，但我也怕啊。"

就在此时，伴随着萦绕屋檐的雨声，不知从何处传来什么东西贴着地面滚动而来的呜呜声。

"啊！就是这个声音。"老太婆眼珠僵直，小声说道。

果然是阴森森的声音。我决定马上睡觉。

我钻进被窝，脑子里却回响着那呜呜声，无法合眼。

一般的狗叫声如同用劈刀将薪柴前后砍断，然后长长连接在一起，都是直线型的声音。刚才听到的狗叫声可不是这么简单。声音的宽度不断地变化，出现弯曲，显得圆润。蜡烛的油灯起初火焰细小，逐渐膨胀扩大，最后油烧尽了，灯花暗淡，渐渐熄灭。狗不知道在哪里吠叫，似乎从百里之外顺风传来般微弱，又似乎从房前传来，在我紧贴着枕头的耳边回响。呜呜呜的声音连成几节圆形的段落，在房子周围环绕两三圈，然后变成哇哇哇的声音，被疾风吹刮到遥远的地方，发出嗯嗯嗯的尾音，进入黑暗的世界。狗的远吠就是强行把欢快的声音压制成阴沉。粗暴地把这狂躁的嚎叫声变得沉郁悲切的，就是狗的吠叫。并不自由。受到压制后，被迫发出的声音比原本阴沉天然的悲切更令人厌恶，不堪入耳。我把整个耳朵藏在被窝里，可还是听得见，比耳朵露在被窝外面听得更加难受。于是，我又把脸露在被窝外。

过了一会儿，狗叫声戛然而止。狗的远吠从这夜半的世界里消失后，就听不见一丝的动静。我的家如同沉入海底般平静。不平静的只是我的心。我的心在这寂静中预料着什么事情，虽然对是什么事没有丝毫的概念。我担心一个莫名其妙的陌生人会从这黑暗中突然探出脑袋，这担心强烈地刺激我的神经。就要出来了，就要出来了，我胆战心惊，五个手指插进头发里拼命地挠着。因为差不多一个星期没有洗澡，指缝间粘着黏糊糊的头油。这个宁静的世界要是变化的话——看似要发生变化，那就在今夜，或者明天拂晓，一定会发生什么情况。我一秒一秒地等待。我在一秒一秒的等待中度过。要问等待什么，我难以回答。因为我自己也不知道等待什么，所以更加痛苦。我把手从头上拿下来，放在眼前，无聊地看着。手指甲里塞着油垢，呈现出黑乎乎的月牙形。同时我的胃囊停止运动，如同被雨淋湿的鹿皮在烈日下晒得又干又硬一样，腹中干瘪。我想要是狗叫该多好。听着狗叫，我会感觉厌恶，但至少知道厌恶的程度。现在如此寂静无声，根本不知道暗地里正在发生怎样令人厌恶的事情，在自己一无所知的情况下正在酝酿什么。要是狗远远地吠叫，我还忍受得了。我期待着狗叫，翻了个身，仰面而卧。天花板上淡淡地映照着油灯的圆影。定睛一看，圆影仿佛在动。我越发感觉奇怪，这时，脊髓突然软绵绵地塌下来。我只是把眼睛瞪得圆圆的，确认眼睛是否在动——的确在活动。我平时怎么就没注意到眼睛在活动呢，也可能只有今天晚上才活动——如果只有今晚活动，那事情就非同小可。可是，或许是肚子的原因吧。今天下班以后，在池之端的西餐馆吃了炸大虾，说不定是食物中毒。吃这种垃圾食品，还花那么多钱，简直愚蠢透顶。当时不吃就好了。不管怎么说，此时此刻最重要的是心平气和地睡觉，于是紧闭眼睛。可是，仿佛彩虹变成粉末飘洒下来，眼前出现纷纷扬扬的五彩缤纷的斑点。这可不行，我睁开眼睛，却又看着那油灯的暗影心神不定。实在无奈，我侧身而卧，如一个重病号，耐心地等待黎明的来临。

　　侧身而卧，突然看见老太婆整整齐齐叠放在隔扇后面的秩父铭仙绸的衣服。我立刻联想起上一次去四谷，在露子的枕边和她有一搭无一搭闲聊的时候，她发现我袖口的线绽开，棉花露出来，不顾我的阻止，支撑着病体坐起来给我缝补。那时她的脸色不是太好，但笑声和平时没什么两样，甚至还说身体已经大好，明天就能下床……而现在，想起露子的面容——不，不是想起，而是自然而然地浮现出来——看见她头上敷着冰袋，长发一半湿淋淋的，呻吟着趴在枕头上……我心想终于转成肺炎了吧。但如果得了肺炎，应该会来人通知的啊。既没有来信也没有来人，看来她肯定已经病愈。我判断她没有问题，打算入睡。可是一合上眼睛，眼前清晰地出现露子消瘦塌陷的脸颊和深凹进去的玻璃珠一样尖锐的眼珠，看上去好像病还没有好。还没人来报信，没来报信并不让人放心。也许很快就会来。要来就快点来，但也许不会来了，我翻了个身。虽说天气还比较寒冷，可四月这个季节盖两床厚被子热得无法忍受，难以入睡。然而，仿佛血液凝固一样，我手脚和胸部冰凉沉重。我用手摸了摸身子，浑身被油汗湿透。我冰冷的手指触摸着皮肤，如同蛇在身上爬一样，令人毛骨悚然。说不定今夜就会来人报信。

　　突然听见有人猛烈地敲击防雨门。果然来了！我的心脏跳起来，踹到了第四根肋骨。好像有说话的声音，与敲门的声音一起袭击耳鼓，听不清楚说什么。"奶奶，有人来了！"我这么一喊，老太婆回答道："少爷，是有人来了。"我和老太婆一起走到门前，打开防雨门。外面站着一个手持红色灯火的巡警。

巡警一脸狐疑的样子，也不打招呼，突然直截了当地问道："刚才没发生什么事吧？"

我和老太婆不约而同地对视着，都没有回答。

"是这样的，刚才我巡视到这里，看见一条黑影从这门里出来……"

老太婆面如土色，气喘吁吁，说不出话来。巡警看着我，等待我的回答。但是我像化石一样茫然而立。

"好了，这半夜三更的，打扰你们了……其实最近这一带非常不安全，警察也处在高度警戒状态……刚好看见你们家的门打开，好像有什么从里面出来，心想会不会万一发生什么事，提醒你们注意……"

我逐渐松了一口气，感觉堵在咽喉的铅球终于下去了。

"谢谢您的提醒……好像没有被盗的迹象……"

"那就好。每天晚上狗都叫得厉害，吵人吧，就是因为小偷在这附近出没。"

"您辛苦了。"我心情愉快地回答，因为狗的叫声可以解释为有小偷出没。巡警走了。我打算天一亮就去四谷，没有合眼，一直等到六点。

虽然雨停了，道路却非常难走。高脚木屐拿到店里修理，换木屐齿，忘记取回来。鞋子被昨夜的大雨淋得湿透，根本没法穿。没有办法，只有穿着低齿木屐一路猛跑到四谷坂町。外面的门虽然开着，但玄关的门还关闭着。大概学仆还没起床吧，我绕到后门。那个生于下总、名叫清的脸蛋红红的女佣正在案板上切着从米糠酱中拿出来的长萝卜。"早啊。那个怎么样？"我一说，吓了她一跳，解开一半束袖带，嘴里"呀"了一声。这"呀"解决不了问题。我不管不顾地一步登上去，闯进起居间。露子的母亲像是刚起床的样子，正在一丝不苟地擦拭鱼鳞纹的长方形火盆。

"哎呀，靖雄……"她手拿抹布，满脸惊讶。"哎呀，靖雄"也解决不了问题。

我急切地问道："怎么样？不好吗？"

如果狗叫是因为小偷的缘故，说不定露子已经痊愈。如果她已痊愈，那当然再好不过了。我提心吊胆地看着露子母亲的脸。

"嗯，是不好吧。昨天那一场大雨，让你辛苦了吧？"听这话，感觉有点牛头不对马嘴。看她的样子，虽然有点惊讶，却没有忧心的神色。我的心情开始平静下来。

"这路真不好走。"我掏出手绢擦汗，但心头还是挂念，问道，

"那露子她……"

"正在洗脸呢。昨天晚上去中央会堂听慈善音乐会，回来晚了，所以今天起得晚。"

"流感呢？"

"噢，谢谢你，都完全好了……"

"什么事都没有了吧？"

"嗯，感冒早就好了。"

我的心情如同微暖的春风吹开蒙蒙细雨，湛蓝的天空清澈透明。记得在什么地方看到过"日本第一的好心情"这句话，说的不就是我现在的心情吗？因为昨晚的情绪特别恶劣，所以感觉现在的心情格外舒畅。为什么要为这件事痛苦烦恼呢？自己都觉得愚蠢至极，何等荒唐。想到自己的荒唐，感觉今天就十分荒唐，虽说关系亲密，可没事一大早闯到人家家里来，会给他们闲得无聊的感觉。

露子母亲一本正经地问道："你怎么这么早跑过来？出什么事了吗？"我不知如何回答是好，想撒个谎，又一下子编不出来，只好"哦"了一声。

"哦"一出口，我立即觉得不该说这个——不如索性把真相原原本本地告诉她，但"哦"已经说出去了，收不回来。既然收不回来，就必须充分利用。"哦"虽然只是简单的一个字，但经常使用，所以该怎么利用也颇费脑子。

"是有什么急事吗？"露子的母亲紧追不舍。我想不出好借口，还是"哦"了一声，转而朝浴室方向吼叫起来："露子，露子……"

"哎呀，我以为是谁呢？这么一大早就来了——怎么啦？是有什么急事吗？"露子不知道我的心思，也抛来同样的问题，让我窘迫。

露子的母亲代替我回答："啊，说是有什么急事才来的。"

露子天真地问道："噢，什么事啊？"

"哦，有一点小事，到附近来，所以……"我终于给自己开通了一条生路，心想这条路开得真难。

"这么说，不是找我有事。"露子母亲的神情略显疑惑。

"哦。"

"事情已经办完了？这么早啊。"露子大为赞叹。

"没有。现在去办……"我心想她这么赞叹，自己不好办，便表现出谦逊的态度，但其实无济于事，对自己口中的话都觉得不能自圆其说。这时候最好的办法就是赶紧离开。待的时间越长越会出丑。我正要起身告辞的时候，露子的母亲开始反击："您的脸色很不好啊，怎么回事？"

露子说道："去理个发就会好一些，胡子拉碴的，像个病号。

哎哟,连头发上都溅着泥巴,您这一路走得好急啊。"

"我穿的是低齿木屐,溅的泥巴不少吧?"我把后背转向她们。母亲和露子异口同声地惊叫起来:"哎哟!"

我让她们把外褂晒干,借了一双高脚木屐,也没向还在里屋睡觉的露子父亲打招呼,便出门而去。天空晴朗,风和日丽,而且是星期日。虽然略感难为情,但昨夜的担心已经烟消云散,我的前途似春风杨柳,樱花盛开,花团锦簇,不由得心花怒放。走到神乐坂,进了一家理发店。这可以说完全是为了讨露子的欢心,实际上,我打算以后无论什么事都顺着她的意思。

身穿白工作服的理发匠问道:"客人,您的胡子留下来吗?"露子说把胡子刮掉,但不知道她指的是整个胡子还是仅仅是下巴的胡子,于是我决定把鼻子下面的胡子留下来。既然理发匠征询是否留胡子的意见,可见即便留下来也不会太显眼。

"阿源,这世上还真有不少蠢货。"理发匠捏着我的腮帮,反手拿着剃刀,眼睛瞟着火盆。

阿源坐在火盆旁边,把金将、银将两枚棋子在将棋盘上敲得吧嗒吧嗒乱响,嘴里说道:"可不是吗?什么鬼魂啊,亡灵啊,说得跟真的似的。不过,那都是过去的事。现在都有电灯了,不会再有这种胡说八道的东西了吧。"他把飞车放在王将的斜上方。

"喂,由公,你能不能这样把棋子堆到十枚?要是能做到,我请你吃十钱的安宅寿司。"

脚穿一齿高脚木屐的小伙计一边折叠刚洗的毛巾一边笑着说:"寿司算了吧,你要是给我看鬼魂,我就堆棋子给你看。"

"连由公都瞧不起鬼魂,看来鬼魂也没有能耐了。"理发匠从我的太阳穴开始,一下子把鬓角刮下来。

"刮得太多了吧?"

"最近都是这个发式。鬓角太长,女里女气的,怪难看的。"他用大拇指和食指擦掉粘在刀刃上的毛发,转而对阿源继续说道:"都够神经的。因为自己心里感觉害怕,弄得鬼魂也自然而然地想跑出来。"

"就是神经。"阿源吐出山樱牌烟卷的烟雾,表示赞成。

由公擦着油灯灯罩,一本正经地问道:"神经这玩意儿,阿源,哪儿有啊?"

"神经吗?神经,你们大家都有啊。"阿源的回答有点含糊其词。

一直坐在挂着白布门帘的门口,用脏兮兮的手翻看一本薄书的阿松,忽然大声叫起来,说书上写得真有意思,真有意思,随即独自笑起来。

阿源问道:"什么啊?是小说吗?不是《食道乐》啊?"阿松回答"是啊,也可能是",然后翻看封面,书名是《浮世心理讲义录》，作者是有耶无耶道人。

阿源问正用剃刀在我的耳朵里转动的理发匠："什么啊，这么长的书名？反正不是《食道乐》。阿镰，这到底是什么书啊？"

"写的好像都是稀里糊涂的事情，看不明白。"

阿源对阿松说："别自己一个人乐，念给我们听听。"

阿松大声阅读其中的一节："大家都说狸子会迷惑人。为什么狸子会迷惑人呢？那都是因为催眠术……"

"这样啊，真是一本怪书。"阿源听得莫名其妙。

"鄙狸曾变成一棵老朴树。说来也巧，源兵卫村的一个名叫作藏的年轻人来上吊……"

"噢，狸子说什么了吧？"

"好像是。"

"这么说，这不是狸子留下来的书吗？尽骗人——接下去呢？"

"鄙狸猛然伸出一只手臂，作藏把他的兜裆布系在上面——嘿，臭烘烘的……"

"一只破狸子，还嫌人臭……"

"他把粪桶倒过来，站在上面，脖子套进去的瞬间，鄙狸的手臂一松，放下来。作藏掉了下来，没死成，惊慌失措。我想到此为止吧，于是隐去朴树的外形，哈哈哈放声大笑，似乎整个源兵卫村都能听见我的笑声。作藏大吃一惊，叫喊着救命啊、救命啊,也不顾兜裆布,胆战心惊地撒腿死命跑走了……"

"这个好……可是,狸子拿着作藏的兜裆布做啥用?"

"大概用来包蛋蛋吧。"

哇哈哈哈,大家哄堂大笑。我也忍俊不禁,理发匠手中的剃刀稍稍离开我的脸。

"有意思,往下念。"阿源兴致勃勃。

"世人说鄙狸迷惑了作藏,其实这个做不到。作藏在源兵卫村里晃晃悠悠,就是想让狸子迷惑。既然如此,鄙狸就答应他的要求,稍稍惊吓他一下。说实在的,狸子一派的手法就是今天私人诊所的医生所使用的催眠术。自古以来,这个手段蒙骗过几乎所有的君子。人们把西方的狸子传授的秘技叫作催眠术,把运用这种催眠术的人推崇为'医生',这完全是崇拜西方的结果,令我不胜感慨。其实日本固有的奇术也流传至今,但如今动不动就大肆渲染什么西方之术。我认为,现在的日本人对狸有点轻蔑过头,所以,鄙狸代表全国的狸子敦促诸君深刻反省。"

阿源感叹道:"哇咻,这狸子说得头头是道。"阿松把书本扣在桌子上,为狸子的理论大加辩护:"所言极是,无论古今,只要自己心情坚定,就不会被迷惑。"如此说来,我昨夜就完全被狸子所迷惑,独自灰头土脸地离开理发店。

回到台町的家里,大约十点。门前停着一辆黑色的小车。从窄小的窗棂间传出女人的笑声。我按了按门铃，走进门内脱鞋的地方，听见有人说"一定是他回来了"。打开拉门，露子满面春风地迎接我。

"你来了啊。"

"嗯。您走了以后，觉得您神情不对，就立即坐车过来了。老奶奶把昨晚的事一五一十都告诉我了。"露子看着老太婆，笑得直不起腰来。老太婆也高兴地笑起来。露子银铃般的笑声、老太婆黄铜般的笑声、我青铜般的笑声和谐地融合在一起，爽朗舒畅，仿佛天下之阳春都聚集在这租金七元五十钱的租屋里。我觉得即使是源兵卫村的狸子，也不会发出这么大的声音。

大概是我的心理作用吧，觉得露子后来表现得更加爱我。我见到津田的时候，把当时的情况毫无保留地告诉他，他说这是极好的素材，要写进他的著述里。文学学士津田真方所著的《幽灵论》中第七十二页所记述的 k 君的事例，就是我的事情。

蹊跷

幸田露伴
1867—1947

生于江户下谷。递信省电信修理技术学校毕业。与尾崎红叶交往,从事创作活动。1889年发表《风流佛》,登上文坛。后发表《五重塔》,成为著名作家。知识渊博,也从事古典文学的校对、解题等工作。很早就开始涉及推理题材。此篇发表于1889年的《都之花》。

其一

死了死了，那个质朴老实的老大爷巴德鲁夫死了，那个有年轻漂亮妻子的巴德鲁夫死了。可是大家都说他死得有点蹊跷，前天晚上高烧刚退，今天就一命呜呼，似乎还伴随着毫无安乐可言的痛苦。医生都没想到人命如此脆弱。罗瑟琳珠泪涟涟，花容枯萎。待到悲伤地送殡的时候，医生格廉多瓦拒绝出具病死证明，引起吵闹。侦探但肯向署长亨利·布莱德汇报说这其中十分蹊跷。署长听后，立即指示说："如今社会不安定，不能麻痹大意，你尤其要提高警惕。维尔利阿姆也出动，还有查列斯去了解真实情况。"大家领命，分头出去行动。不久维尔利阿姆回来汇报，说医生住在附近，大约三里地之外。那个死者和妻子两口子过日子，他为人忠厚朴实，在村里口碑甚好，要说谁是好人，无疑就是他。听大伙儿悄声议论，似乎说难以理解他怎么娶了一位娇妻。

可是，查列斯认为，那个妻子不仅仅是脸蛋漂亮，她坐在亡夫旁边一心祈祷，声音都沙哑了，泪如泉涌，连在一旁的人都受到感染，悲从中来。甚至我这个不信神的人都想在心中说一声"阿门"，只有医生心存疑虑。

就在难以判断之际，但肯也毫无收获，回到警署。他觉得奇怪，巴德鲁夫这个人自出生到死从未与人吵过架，是光秃秃的脑袋被人打了，还要反问对方手是否打疼了的性格，平时不赌博、不喝酒，应该没人与他结怨。他品行端正，而且身体健壮，没想到会突然死去。署长听了他的话，沉思片刻，问道"罗瑟琳多大年龄？"。原来她正是花信年华的二十三岁，巴德鲁夫却是山头残月的五十八岁。两人于去年春天举行婚礼。这女人的担保人是伯爵夏洛克，不喜欢交际，只与巴德鲁夫一人有来往。巴德鲁夫每到星期日都去教堂，伯爵每个月只去一两次。他三十七岁，容貌端庄，能说会道。巴德鲁夫发烧那一天，没想到伯爵来了，用人也来了，有什么事呢？这个用人与罗瑟琳见过后就走了。好了好了，不必说了，巴德鲁夫家里有女佣吗？哦，有一个名叫柳西的。好，署长命令把这个柳西带来，但不能让罗瑟琳知道。虽说为了破案，但也会给这个不属于警署的女佣柳西带来麻烦。

其二

"啊,请宽恕我吧,我就做过一次坏事。出去买东西回家的路上,正是黄昏时候,实在是灯下黑,在瓦斯灯光照不到的暗处,我捡到一个漂亮的钱包,没有上交警署。现在我立即交出来。"柳西哭哭啼啼地说。这是她的良心受到署长的谴责后的坦白,真是个可爱的姑娘。布莱德装腔作势地说道:"好啦好啦,从你刚才的话也可以知道你这个人心地正直,如果你再诚实交代为主人做事的情况,就会给你奖励。"柳西听罢,抬起头来问道:"您说的做事指的是什么?我替主人出去买东西没有偷占零头,我在厨房烧饭菜也没有偷吃。"她一本正经的回答体现出没有私欲的性格。布莱德觉得可笑,说问的不是这种事,你只要诚实说出巴德鲁夫得病以后的情况就行。柳西惊讶地问道:"说这些就会有奖励吗?""啊,是我不好,你本来就会诚实地告诉我们的,何必等你说出来以后呢?"他将一把闪光的钱币伸到她鼻子下面,弄得哗啦哗啦响,于是柳西扭扭捏捏地道出原委。"这是前天晚上的事情。大概是二月七日吧,对,就是二月七日的夜晚,巴德鲁夫先生一边读圣经,一边流泪祈祷,已经是深夜了还不睡觉。于是太太劝他深夜寒冷,对身体不好,赶紧休息吧。但巴德鲁夫先生说,你和柳西去睡觉好了,我今晚睡不着。没有办法,太太和我只好去休息。后来，煤炭没了，火炉也灭了，在石砌的房子里觉得有点冷。拂晓时迷迷糊糊地打盹，待醒来的时候，发现他脸色十分难看，他从前天中午就开始发烧。"在柳西滔滔不绝讲述的时候，布莱德问："为什么巴德鲁夫就那天晚上不睡觉？""我也不知道。我是三年前才到这家里来的，不过去年和前年的二月七日夜晚，巴德鲁夫先生好像也没有睡觉。后来发烧越来越厉害，医生和伯爵来的时候，他总是说胡话，到晚上更加厉害。今天早上吃过药后，立即难受痛苦。善良的主人终于离开了我们。太太悲痛欲绝，简直像发疯一样，她说要是不吃医生开的药，也许还不会这样。不料这句话被医生格廉多瓦听见，于是他不愿意出具病死证明。如果说吃了格廉多瓦开的药而死事关医生的名誉，那可以向其他医生验证开药的分量是否合适，若是大家都认为药量没问题，不出具病死证据还情有可原。尽管向格廉多瓦解释了太太说那句话并非恶意，但医生还是固执地摇头拒绝。就是老于世故的女人，死了丈夫也会失去理智，何况一个年轻的女子呢？由于医生的固执，太太悲伤再加上劳累，对这个不近人情的医生乃至我们都怀恨在心。"柳西含泪说完，布莱德觉得她没有撒谎，便问道："是谁把那个可恶的医生叫来的？"柳西一听，脸色煞白，浑身颤抖，默不作声地盯着布莱德。布莱德说："你不用害怕，诚实的少女会受到上帝的保佑，也会得到人们的爱护，无论什么事情都要诚实。是你叫他来的吗？"布莱德这么一说，柳西没办法，只好说："是的，是我去叫来的。"接着哭泣起来。布莱德和蔼地劝诱："好了好了，这事与你无关。伯爵也是你叫来的吗？如果你能诚实地仔细叙述当时的情况，就没你的事了。""不，伯爵不是我叫来的。他突然过来，看见巴德鲁夫先生发高烧的样子，大吃一惊，好像不断向太太和医生询问病情。在医生离开以后，他说巴德鲁夫先生说的胡话如果被别人听见传出去，影响不好，嘱咐大家切勿外传。他回去以后，傍晚还特地派人来探病，真是一位心地善良的人。"布莱德听后，沉思片刻，啪地一拍手，问："巴德鲁夫都说了些什么胡话？"柳西笑道："因为是胡话，不知什么意思，只听明白一个词'奎克利'。"

其三

拘留证已做好。把医生格廉多瓦、遗孀罗瑟琳、伯爵夏洛克叫来，他们有重大的谋杀嫌疑。但因为伯爵可能成为贵族院议员，应该慎重对待，署长命令把所有的证据全部拿来。一会儿，警察将三人带上来。罗瑟琳漂亮而不风骚淫猥，眼睛都哭肿了，可见不是轻浮的女人。医生格廉多瓦容貌端庄，一副天不怕地不怕、坚持自己所信的样子。伯爵是贵族出身,落落大方,显得深谋远虑。

布莱德先问医生:"你拒绝给自己的病人出具证明,一定知道其中的原委。可是据巴德鲁夫家里人说,他是吃了你开的药,痛苦万分,接着就死了。你首先把这个说清楚。"格廉多瓦说:"我所用之药绝不会致其死命,而且巴德鲁夫得的并非很快就会死的病,所以我不能出具不合理的猝死证明。如果对我开的药有疑问,罗瑟琳夫人家里还有药,可以让化学家或者医生进行化验,这样真相就大白于天下。""刚才你说不合理的猝死,这是什么意思?也可以怀疑为万一是中毒而死。有这样的怀疑也是合理的,而且是你开的药造成的中毒。哦,真是岂有此理,甚至可以怀疑是吃了其他人给的东西中毒而死。噢,甚至于是怀疑有人毒死他。""即使如您所言,我也只是怀疑,没有肯定。所谓不合理的猝死正是如此。"在医生与布莱德谈话期间,伯爵如雕塑般一动不动,罗瑟琳则脸色忽红忽青,终于柳眉倒竖,杏眼圆睁地说道:"听到毒死我丈夫这句话,我绝不能容忍。我的丈夫只吃过格廉多瓦给的药,没吃过其他人的药。"医生怒气冲冲说道:"这么说,你是怀疑我啰?我只是怀疑,没有肯定。本来女人就不懂医药之道,说不定是你的失误呢。如此被你怀疑,我作为医生的面子尽失。我的怀疑姑且不论,首先向署长请求检查我的药。"于是布莱德拿出一个瓶子,问道:"这是你给病人的药吗?"医生一看，连忙摇头："不是不是，哎呀，真是奇怪了。我给的药是纸包的粉剂。""那是这个吗？""是这个。请化学家进行分析，请医生鉴定我的处方是否妥当。但是，我觉得奇怪的是刚才这个瓶子。""不用说了，没问你这个。你没事了，可以回去了。""叫我回去，我可以回去？那对我没有怀疑了吗？""怀疑并未解除，但盘问已结束，回去吧！"布莱德看着满脸不悦的医生离开以后，转向罗瑟琳："见过这瓶子吗？"罗瑟琳回答："这是伯爵殿下前来看望丈夫时给的。""那你手提箱里有一百五十美元，是怎么回事？""也是伯爵殿下送的。""什么名义？""探病慰问金。""探病慰问给这么多钱，不合世间常规。""本是不合世间常规，但伯爵殿下是著名的大慈善家，而且我一再推辞，实在推辞不掉，不敢违背他如此的深情厚谊，才勉强收下。""这么一大笔钱和这个瓶子都是伯爵亲自交给你的吗？""不，是他派人送来的。""这瓶子里装的是什么东西？""据来人带来的伯爵殿下的口信，说发烧的病人口渴，这瓶子里的液体可以止渴。"布莱德故意诱导地问道："你不怀疑伯爵吗？"罗瑟琳的口气丝毫没有改变，回答道："绝对不怀疑。为什么要怀疑尊贵的伯爵殿下？""病人饮用和食用过别的东西吗？""一点也没有，只喝了瓶子里的东西。""这么说，我既怀疑医生的药，也怀疑这瓶子里的东西。"话未说完，伯爵就迫不及待地抢话："你是怀疑我给的这瓶子里的东西吗？""所以说，我怀疑医生给的药，也怀疑这瓶子里的东西。"布莱德一边镇静地回答，一边观察伯爵的脸色。伯爵抑制着激动，平静地问道："布莱德先生是怀疑我吗？""自不待言，是怀疑。"伯爵一听，怒火攻心，如飞鸟般迅疾地一跃而起，一把抢过布莱德手中的瓶子，打开瓶塞仰头咕嘟咕嘟喝下，然后朝身后的墙壁使劲摔去，声色俱厉地说道："我自生来此世，从来没干过邪门歪道的事情，都是遵循正理，主张道义，力行慈善，不意竟受到你的羞辱，说我涉嫌这场非同寻常的谋杀案，我对此愤怒至极。刚才我喝干了你所怀疑的瓶子里的东西，毫无问题。如此你还怀疑我，不配和我说话。"他将姓名牌狠狠摔在脚下，怒吼道："立即决斗吧！"布莱德立即从台上跳下来，俯伏在地，连声道歉："请伯爵殿下息怒开恩，都是我有眼无珠，正邪不分，致使殿下发怒，实在诚惶诚恐。本意是想领教伯爵光明磊落之胸襟，现在已经毫不怀疑，您当着我的面喝下瓶中的东西，而且没有出现任何变化，所以没有丝毫可疑之处。您请回家，所扣押的四个手提箱即刻由本署送还。""既然解除了嫌疑，就到此为止吧。您的工作也很辛苦。那就这样，我回去了。"伯爵说罢出门离去。此外没有其他可疑之人，只是巴德鲁夫之死实在蹊跷。

其四

布莱德紧急命令："查列斯负责把手提箱送回伯爵宅邸。但肯偷偷潜入伯爵宅邸，注意观察他的一举一动，也许他会吃泻药或者催吐剂解毒，也许会叫医生到家里来。"二人领命，如旋风般飞速而去。目前情况下也不能拘留罗瑟琳，便让她回去。布莱德对维尔利阿姆命令道："如果有三个医生验尸，都断定巴德鲁夫是被毒死的，那就可以埋葬尸体。""是。"维尔利阿姆回答完刚要出门，却回头说道，"这是我的功劳。"递过来一张纸条。布莱德接过来，也不看，说了句"是抄的吧"，便塞进口袋里。"是的。原件还给本人了，免得引起对方的怀疑。还有，这是查列斯的功劳。"布莱德接过维尔利阿姆递过来的东西，照样塞进口袋里。这时暮色降临，已是掌灯时刻。布莱德走出警署，回到家里，先做三十分钟的体操，解除身体的疲劳，再喝三杯葡萄酒放松心情，然后用餐，两三盘的菜肴，用完餐后舒舒服服地睡觉。在外人眼里觉得奇怪，但从事这个行业，对错综复杂奇奇怪怪的案件进行正确的判断，只要有一个空气澄净新鲜、身心舒畅愉快的早晨，第二天就能做到用心处理、思虑周全。

鸡鸣星稀之时，冷水漱口擦身后，布莱德用一杯咖啡洗去残梦的痕迹，赴警署后端然而坐，双目炯炯，见桌上放着几份报告，取而静阅。

伯爵没有服用催吐剂、泻药等任何药物，也未见医生出入。去罗瑟琳家，仆人因未能完整传达口信被解雇。夜半入睡之前，听见打开和关上手提箱的声音，并说了一句话。这句话是："布莱德真是个蠢货。"另，关于伯爵，因有值得追寻之线索，故暂时未能回署。

但肯

罗瑟琳的悲伤真实可信，未发现其他可疑之处。她品行端正，操守坚实。女佣乃普通女子。医生格廉多瓦对自己开的药受到怀疑极为愤慨。如此看来，他们并无可疑之处。查扣一封信函，大意言及七年前巴德鲁夫移居此地缘由，令人感觉其疑问存有远因。于是出发前往巴德鲁夫故乡进行调查。

查列斯

1. 巴德鲁夫无职业无财产，然生活未见贫困。
2. 二月七日应该是特殊的日子，必有隐情。
3. 巴德鲁夫绝口不提故乡之事，移居本地前，不知何故与前妻离异。

4. 与伯爵如同主仆关系，移居本地前两人大概已有来往。

5. 前妻去向不明，数月前曾有一贫困老妇与巴德鲁夫见面，接受一些施舍后离开。（大概是前妻。）

6. 巴德鲁夫雇用的第一个女佣也证实，她曾三次听见巴德鲁夫在胡言乱语中叫"奎克利"。但这一带没有"奎克利"这样的人名或地名。（可能是前妻的名字。）

从通过侦查获得的上述情况加以推测，关于前妻以及奎克利，还有二月七日这个特殊的日子，再结合信函内容，可以认为案情起因于七年前开始的与伯爵的关系。因此打算出去寻找其前妻。

维尔利阿姆

送来瓶内附着液体的检测结果，系稀盐酸"柠檬水"，别无其他毒物。

化学分析所

送来粉剂的检测结果，系甘汞十五格令、乳糖十五格令，适用于发烧患者的最初治疗用药，肯定是当时流行的新疗法，无其他不适合之物。

公立医院

布莱德看完报告，觉得无法理解，患者饮用的两种东西都没有毒性，而三个医生一致认定巴德鲁夫是中毒死亡。怪哉！至于那个哭着喊着要为丈夫报仇的罗瑟琳，应该也并非是她毒死丈夫的。七年前的原因另当别论，眼前的死因弄不明白。他绞尽脑汁，忽然想到信函，按铃叫人，吩咐"把来信拿来"。接着，他取出昨天收到的那两张字条，上面写着：

巴德鲁夫先生：
　　由于本人不慎遗失您的珍宝，此后每月支付一百五十美元作为赔偿，终身如此。特此呈上。
　　　　　　　　　　　　　　　　　伯爵夏洛克

伯爵夏洛克先生：
　　敝人之珍宝为先生所遗失，先生立下愿以每月支付一百五十美元为赔偿之契约。为此，敝人此后绝不以珍宝之事滋生纠纷，以此为据。
　　　　　　　　　　　　　　　　　巴德鲁夫

这样的合同实在怪异。虽然不知道遗失的是什么珍宝，但是如果从七年前算起，每月支付一百五十美元的话，粗算一下，至今也已达到一万两千美元。布莱德心中疑团重重。这时，办事员把信件拿来了。

  所询之事诚如所言，如果甘汞与盐酸类合在一起，就变成升汞①，乃剧毒。
化学分析所

  所询之事，如甘汞与盐酸类同时饮服，在腹中会生成升汞，致人死亡。
公立医院

布莱德看完，心想伯爵这家伙太可疑了。

其五

人已去，追不回，泪未干，恨难消，万事皆徒然。巴德鲁夫的葬礼于今日举行。年轻的遗孀身体虚弱，由别人搀扶着，在邻

---
① 升汞，即氯化汞，呈白色结晶性粉末，有剧毒。

居以及对门乡亲的指挥安排下，总算顺利办完葬礼，接着是什么和尚念经，将亡灵送到谁也不知是天堂还是地狱的地方去，实在令人伤心。何况又有被毒害而死的传闻，不知仇人是谁，不知什么原因，别说上帝，就连那漂亮的罗瑟琳也是胸中无法消除迷妄暗云。珠泪如雨湿两颊，悲伤哀叹令人怜，如此场面感天动地。参加葬礼者颇多，夏洛克伯爵大人、布莱德署长、格廉多瓦医生都来参加了，给逝者相当的荣誉，这一点令人高兴。罗瑟琳掩面祷告"阿门"，心里却满腹牢骚，怎么这么蹊跷、这么奇怪?！怪不得街谈巷议也都在说她丈夫死得奇怪，此事一传十十传百，成为人们一时茶余饭后的谈资。

二百里之外一个山麓的村子，春天里依然寒风料峭，几个乞丐正在焚烧枯木与朽木烤火，身体逐渐暖和，便海阔天空地神聊起来。一人说："在原野里，就是伯爵身份的人也不带暖炉。"另一人说："你这么一说，我想起来，有一个伯爵，叫什么名字来着，涉嫌毒死一个名叫巴德鲁夫的人，听说被警察署长狠狠整了一通，真叫痛快。"旁边一个老太婆问道："这个名叫巴德鲁夫的是哪里的？""听说是东面离这里很远的地方，还听说那寡妇又年轻又漂亮。""那好啊，我想要。"老太婆打断插话，问道："那个伯爵是不是名叫夏洛克？""噢噢，是啊是啊。听说警察怀疑死者可能就是被那个夏洛克毒死的，可是听风言风语说，警察怀疑错了，反过来被伯爵整了一通。""嘿,老婆子,你认识他吗?""不认识。"老太婆简短地回答,但看她那样子似有隐情。见两个乞丐将信将疑,她岔开话题想支吾掩饰过去,将脸转向一旁。这也令人感觉蹊跷。就在这时,一个乞丐猛地站起来,一把抓住老太婆,这也真是怪事。

其六

维尔利阿姆把名叫波娜的女人带回来后,向布莱德汇报:"我觉得那个几个月前到巴德鲁夫家里要了些钱的女人,是一条重要的线索,于是化装成乞丐出去寻找。运气不错,遇见这个老太婆,那个奎克利的来历也大体弄明白了。波娜啊,你还是不要隐瞒,老老实实说出来吧。"波娜一听,泪水涟涟,说道:"如此落魄,令人羞耻,都是因为巴德鲁夫才沦落至此。我抱怨他,但人已死去,也恨不起来了。过去,我和他一起生活,看守伯爵夏洛克别墅的花园。日子虽然清贫,但夫妇情深意浓,换句话说便是美如玫瑰却无刺。两人和睦相处,还生了一个可爱的小宝宝奎克利。她是我们的掌上明珠,我们期待她将来花团锦簇的前程,将她精心培育成一朵美丽的山丹花,悉心照料,无微不至,真是含在嘴里怕化了。即便有人说我外貌不如孩子，只要称赞我女儿，我就很高兴。我为她种牛痘而忧心忡忡；她的牙齿不太整齐，我心情焦虑地等待她乳牙掉落；她的皮肤一旦变得粗糙，我立即停止使用肥皂。女儿终于长到了如花似玉的十八岁。啊，想起来我就心痛。那个伯爵大人看上了她，经常叫她去家里，教她什么风琴啊，什么钢琴啊，虽然弹得不好却大加赞美，每次还送给她很多东西。有一个雨夜，女儿很晚才回来，脸色苍白。我问她怎么回事，她也不回答就上床了。第二天早晨，我们夫妇醒来的时候，发现没有了女儿的踪影，茫然不知所措。惊慌之际，只见村里人抬来女儿的尸体，说是你家闺女投水自尽。我们泪如泉涌，紧紧抱着毁于昨夜暴风雨、香消玉殒的女儿。我们把女儿的遗体放在她的被子里，掩饰那难看的面容。手伸进被子时，不意摸到一份遗书。这份遗书至今我还留在身上。"说罢，波娜从怀里取出遗书来。那是一双细嫩的手。

不言而喻，深知不孝之罪非轻，然如今命不足惜，生无价值。羞愧难当，无颜在世，只有投水了结此生。父母亲大人有所不知，如有名叫皮塔者前来询问，请告诉他：我的确戴着红宝石戒指死去，想你一定悲哀。请你看见戴着蓝宝石戒指的人时，拜托他为我做一次祈祷。

另有一信，请父母亲转交给伯爵。至于双亲晚年生活，尽请放心。言不尽意，就此搁笔。

如此结局，亦乃天意，再次恳请双亲宽心，万万不可过于悲伤，祈求保重贵体。

奎克利

二月七日夜

这案情越发蹊跷，布莱德依然语气平和地问她后来的事情。老太婆越发痛哭流涕，说道："当时我们夫妇看了这封遗书，不知所说何事。我说要不看一下那封给伯爵的信，也许会知道来龙去脉。但丈夫不同意，说把这封信拿到伯爵那里去，他每个月就会给我们很多钱。我问他女儿为什么要自杀，他总是含含糊糊地说不清楚。我再三再四地问他，他就发火，结果不断吵架，最后狠心地把我抛弃。我孤身一人，无家可归，四处乞讨，几个月前来到此地，偶然遇见他。他见我沦落街头，眼含泪水，施舍我三十美元，并嘱咐我以后不要再到这儿来。想起来，相逢即离别，不仅是女儿，连丈夫都死得不明不白。"老太婆哭得浑身颤抖，她的确很可怜。布莱德一边安慰她一边问道："那个叫皮塔的人来了吗？""那个人没有来。不知道蓝宝石戒指是怎么回事，但红宝石戒指的确戴在女儿的手上。"听了这个老太婆的叙述，蹊跷的事情大部分可以解开，但又一个疑问浮上心头。查列斯回来后却没有什么收获，真是怪哉。

其七

这一个月如在梦中，一无所获。巴德鲁夫的猝死究竟是伯爵的蓄意谋杀，还是无意的药物相克，迷雾重重，难以拨开。一个天色阴沉、月光暗淡的深夜，布莱德从一座寺院墓地旁边的茂密树林里经过的时候，听见远处传来对着浮云咆哮般的狗叫声，周围阴森森的，有点害怕，不由得毛骨悚然，甚至觉得风也散发着血腥味。他心虚地回头一看，只见黑黢黢的旧石碑孤零零地伫立着，大理石的新墓碑泛着朦胧的青白色，仿佛是什么人留恋墓地的身影。这情景实在可怕，连他都惊骇万分，心惊肉跳。突然，他听见窸窸窣窣的声响，真想拔腿逃跑，但出于职业习惯没有离开。他强忍着害怕，定睛一看，只见一个晃动着像是满头插着银针的蓬乱白发，如浸泡在潮水中的木佛一般形销骨立的身体，伸出消瘦的长臂，双眼放射出亮光。看那架势，即将掀起已经挖出来的棺木的棺盖。吃人妖婆并非民间故事中才出现，只见那人呼出一口白霜般的气息，喃喃说道："听说被毒死的人魂魄长留身上，报仇雪恨之前，尸身不腐。我过去是你的妻子，即使被你抛弃，但毕竟我们还生有一女。听说你被人毒死，不明不白，不知真相，此仇未报，我觉得不能置之不理。现在就要证实你是否是被毒死的。"她握紧拳头使劲敲打棺盖，腐烂的棺木纷纷掉落下来。突然从棺木里冒出一团鬼火，巴德鲁夫霍地站了起来。他眼睛凹陷，皮包骨头，嘴边还挂着鲜红的血滴，声音嘶哑："你真不容易，找到了我的坟墓。想起来七年前，伯爵那家伙强迫我们的女儿奎克利蒙受一生的耻辱，她无路可逃，怀着和相爱的男人不能结婚的仇恨，结束自己短暂的生命。他没有亲自下手，却杀了我们可爱的女儿，这仇恨，哼！令我悲愤填膺。但是，温顺善良的女儿在遗书中聪明地平衡利害，使双方圆满收场，让我们忘记伯爵可恶的罪行，伯爵终生赡养失去孩子的父母。虽然怨恨未能完全消除，但每个月获得了一百五十美元，所以我绝口不提女儿的事，也搬到别的地方住。但是，实在可恨啊。伯爵这个浑蛋，他担心我发高烧说胡话，把这件事情说出来，影响他的名誉，当不上贵族院议员。所以就想方设法钻法律的空子，送给我一种饮料，让我把这种饮料与医生给的药一起喝下，在肚子里产生剧毒，将我杀死。可恨啊！可恨啊！我明明是被人谋杀的，但伯爵给的东西无毒，即使告到法庭，也是判决伯爵无罪，反倒是诉讼人落个诬陷之罪。可恨啊！可恨啊！他杀了我女儿，也杀了我，却报仇无门。人世间的法律既然不起作用,还有什么价值?啊,我冤枉委屈啊!我的遗恨在深深的黄泉中游荡,我的冤魂再无出头之日。"

其八

布莱德吓破了胆,发不出声,痛苦地往旁边一看,看见波娜就坐在那儿。她亲切地表示关心:"您怎么做了噩梦?"原来是思虑过深而入梦,醒来回到法律靠不住的现实人世间。但醒来以后,茫然若失,心情极其厌烦。他突然起身,整理衣服,立即表示将波娜雇为女佣,将她带去贫民院。布莱德的内心也觉得不可思议。此后三天平静无事。即使鬼魂在梦中诉说,但也不能成为证据,何况由于身心疲惫产生的梦境不足为据。于是做出决断,分别给罗瑟琳、医生、伯爵发去一信,表示对巴德鲁夫猝死的调查已经尽力,显然没有谋害者,既然判明是偶发事件,怀疑各位是我方之错误,谨表歉意,并证明各位之清白。此信寄出后,世间对该案件的种种猜测议论顿时销声匿迹,取而代之的是对亨利·布莱德轻率无能的嘲笑。由于伯爵当场喝药,其正直勇敢的精神备受赞扬,人望骤增,经过选举,如愿以偿地进入贵族院。其势如旭日东升,不可阻挡,温煦之光惠及草民,慈善家声誉响彻云霄。于是这家小姐那家遗孀都慕名趋之，难免心头激动。然而世间法律可钻，天道岂能逃避。夏洛克伯爵偶染感冒，不意卧床，抬不起头，身体渐衰，虽无什么疼痛，却药石无效。过了十多日，明显消瘦，不安忧虑，夜半难以入眠，各种往事浮上心头。"好你个夏洛克！"

其九

虽然知道玫瑰枯萎，香气消失，人体腐烂，魂灵不在，但伯爵最近每天晚上都能听见巴德鲁夫诅咒的声音。"伯爵大人"——这是奎克利怨恨的声调，虽说看不见她的身影，但不幸的是他的神经变得敏感，声音都听得清清楚楚。今天伯爵把最喜欢的仆人特尼留在身边。果然到夜晚十二点过后，就听见"可恶的伯爵大人，好你个夏洛克"，不由得心惊肉跳，强打精神看着特尼，见他表情如常，便问他"你没听见什么吗"，他回答说"没有"。真是奇怪。后来悟到世间没有鬼魂，都是自己迷惘的心灵在作怪。即便如此，一个晚上做三次噩梦，再坚强的男人也受不了。医生建议趁着现在还不严重，可以找一个安静的地方进行矿泉冷浴。"那也请您一起去。"医生挠着脑袋说："老朽还有离不开的患者需要治疗，给您推荐一个名叫格廉多瓦的人。他是老朽的朋友，医术精湛，待人热情。"伯爵听后，虽然对此人有点不太满意，但还是决定让他去，并吩咐不要声张。最终加上特尼和厨师，一共四个人前往某座山中进行冷浴治疗。

这里与京城不同，一切都显得冷清孤寂、沉闷阴郁。深夜两点左右，煤油灯光暗淡下来，忠心耿耿的仆人特尼连忙把灯芯挑起来，虽然明亮了一会儿，但很快又暗淡下来，朦胧如豆。这时，又听见"好你个夏洛克，可恶的伯爵大人"的声音。伯爵猛地坐起来，圆睁双眼盯视前方。突然间，奎克利的身影出现在他眼前，湿漉漉一头乱发。巴德鲁夫无精打采地站在她身边，嘴边血迹未干，充满仇恨的眼睛瞪视着，眼珠仿佛要飞进出来。伯爵抓起枕边的药瓶狠狠甩过去。

其十

旅社的掌柜惊吓万分，慌忙跑来。如此粗暴的声音究竟是怎么回事？只见药水泼在窗帘上，窗玻璃的碎片散落四处。掌柜觉得奇怪。特尼连忙道歉："已经对你们说过，我家主人患有精神病。不过你们不必担心，损坏的东西一定赔偿。"事情总算了结了。

但是此后，夏洛克每天晚上都会看见他们的身影在谴责自己，心中无限痛苦。格廉多瓦好像也无能为力，夏洛克只有清醒的时候还能勉强认识他。夏洛克一直提心吊胆，甚至有时自责，认为这是上帝对自己的惩罚。在他善心回归的时候，认识到自己居于伯爵之高位，傲慢自大，对自己的行径也感觉羞愧，如今终于醒悟到什么议员的名誉都可以统统不要。听到无比忠诚的特尼带着哭声在隔壁房间里拼命为他祈祷平安的声音，夏洛克后悔过去违背天道的行为，难道现在神还不宽恕自己吗？他多少次咬牙切齿地悔恨，但后悔莫及，无济于事，鬼魂还是每晚出现两三次折磨他，痛苦至极。看来恶人也有可怜之处。

一天，旅社掌柜前来问候，说是这座山的深处，白云袅绕，仙禽婉转，鲜为人知的高山洞穴里，有一位名叫奇伊的修行者。此人盘腿坐禅，抑制五官之欲望，睁开彻悟之慧眼，诵读一卷圣经。松风清其心，溪水润其喉，不与人交往，唯以神为师为主，将自己宝贵的生命无私地奉献给神。尽管道力高超，却不轻易下山。但大约十年前有一位侯爵，也患有与大人同样的精神病，百药无治，无可奈何，只好坐轿，不顾草木繁茂抬上山来。来到半山腰处，虔诚祈求大师垂怜。于是修行者飘然而至，要求患者提供一份忏悔书和一件仇人的物品，当场烧毁，向天祈祷。侯爵大人从此心清气爽，终于病愈回家。只是修行者现在不太接受这样的请求,樵夫也说最近没见到奇伊此人。掌柜说罢,一声感叹。夏洛克对这个故事听得入迷,吩咐特尼:"你本着为人之道,雇人带你进入深山老林,弄清楚是否真有奇伊这个修行者。"贵为伯爵,对奴仆下令都如此和蔼,特尼心中无限悲哀,立即出门准备上山。当晚夏洛克过得格外凄凉,四五次看见幻影,使他痛苦万分。第二天早晨,特尼攀缘藤蔓草木,艰难地登上山,终于见到修行者。奇伊神色异常严峻,说夏洛克傲慢之心不除,自己也爱莫能助。只有本人真诚悔罪,回归本心,亲自书写忏悔书,并带来仇人的一件物品,诚诚恳恳地来到半山腰。夏洛克听特尼所言,回想昨夜的苦楚,终于不再固执己见,而且修行者奇伊那一针见血的话令他胆战心惊。夏洛克无力地拿起笔,悄悄写了忏悔书,然后带着特尼,瘦弱的身体坐在山轿里慢慢登山。松柏参天,山风呼啸,谷涧水涨,湍急流淌。仰望山崖,岩石巍峨,云遮雾绕。鸟声含悲,冷峭入怀,恍若隔世再生。夏洛克心绪茫然,深感实在难得,情不自禁落下眼泪。

不大一会儿工夫,夏洛克下轿,摇摇晃晃地跪在地上,低头专心祈念修行者奇伊拯救自己。特尼等一行随从躲在旁边的岩石背后休息。大约过了十分钟,听见有严厉的声音说道:"夏洛克,抬起头来!"伯爵想站起来,但病体虚弱无法起立,只是抬起头战战兢兢地看着对方。只见修行者白须覆胸,目光清澈,身穿广袖麻服。夏洛克觉得是神的使者，浑身颤抖哆嗦，说道："夏洛克切盼在此山获得新生，舍弃过去的一切污浊行为，还我清洁干净之身。请接受我的忏悔书，向天祈祷。"说罢，伸手捧出忏悔书和一份遗书。修行者拿过，立即置于掌上，高高捧起诵唱咒文，以天火烧之，文书在炎炎火光中化为灰烬。伯爵感佩至深，刻骨铭心，再三伏拜，不时耳闻修行者祈祷之声，其中多有古语，无比尊严。片刻之后抬头一望，修行者已经无影无踪。夏洛克惊骇之时，不知何处传来"夏洛克已经得以重生"的声音。

其十一

"已经得以重生"这句话留在耳边，夏洛克难忘修行者的恩典，此后鬼魂不再出现，又没有别的毛病，格廉多瓦的药方也明显见效，夏洛克身体迅速恢复，重见过去的风采。回到京城，已是容光焕发，气色红润，于是邀请亲朋好友，设宴庆祝身体痊愈，连特尼以及厨师都得到奖赏，上下皆喜。然而如小丑舞蹈般可笑的是，就在钢琴旋律回荡之夜，夏洛克忽然被捕。不到三天便被判死刑。世间实乃无常。

后询问参与此案的律师，原来厨师、旅社的掌柜、奇伊修行者都是侦探，医生格廉多瓦也秘密接受协助调查的请求。波娜在贫民院里寻觅声音酷似巴德鲁夫和奎克利的两个人，让他们潜入夏洛克家里装神弄鬼。另外在煤油灯的煤油里掺水，这样夜半时灯火就会暗淡下来。还利用精巧的小幻灯将影像映照在白墙、窗帘上。被奇伊修行者精湛的魔术所蒙骗，是夏洛克使用毒药的报应。亲笔所写的杀害巴德鲁夫的忏悔书让他的辩护律师也无话可说，更有奎克利的遗书留在奇伊修行者手里。两罪并罚。啊，可怕的夏洛克。他巧妙地利用毒物进行毒杀。啊，可怕的布莱德的智慧。他以法律制裁法律没有规定之罪。令人咋舌的还不止这些，那个对夏洛克忠心耿耿的特尼，其实就是侦探但肯。此后，一切怪事不再奇怪，一切蹊跷也不再蹊跷。

一天，格廉多瓦来找布莱德，要看奎克利的遗书。

伯爵夏洛克大人：

留此一笔遗言。我的身体因为您而蒙受奇耻大辱，对此世已经绝望。如今唯有舍弃此身，以向某人证实我心灵之纯洁。您的所作所为令人彻骨寒心，但毕竟您对我情深义重，所以我不会一直憎恨您。如果有值得高兴的事，那就是没有人背地里议论您的恶行。因此，希望您端正心态，前途荣耀。想到我那无依无靠的双亲在我死后，一定晚年艰辛，这使我对您更加仇恨，但还是请您给予我的父母亲相应的生活资助。倘能如此，我将一生忘记仇恨，反要感谢您的恩情。另外，千万别让父母亲将您的所作所为告诉他人，这是为您好，也是为父母亲所考虑。想说之事甚多，就此辞别。

奎克利

二月七日

此信在家父面前拆看。

格廉多瓦看完信，痛哭流涕。布莱德觉得惊讶，一看，他的手指上果然戴着闪亮的蓝宝石戒指。

高濑舟

（高濑舟缘起）

森鸥外
1862—1922

小说家、翻译家、评论家，本名林太郎。东京大学医学部毕业。1884年留学德国。回国后，发表译诗集《面影》，创刊《堰水栅草纸》，发表小说《舞姬》。主要作品有《雁》《山椒大夫》《涩江抽斋》等，译作有《即兴诗人》《浮士德》等。此篇发表于1916年的《中央公论》。

高濑舟是来往于京都高濑川上的小船。德川时代,京都的罪犯被判处流放孤岛之刑,允许亲属探监,与犯人道别。之后乘坐高濑舟押送到大阪。押解罪犯的是京都町奉行属下的同心①。按照惯例,同心同意罪犯的一个主要亲属同船前往大阪。这种做法没有报批,即所谓的睁一眼闭一眼,算是默许。

　　当时被判流放孤岛者,自然都是重案犯,但其中大多并非为劫盗而杀人放火的狰狞凶恶之徒。乘坐高濑舟的罪犯,大多数是一时糊涂而作奸犯科之人。举一个常见的例子,如当时所谓"相对死"的殉情,男的杀了女的,自己却没有死成,诸如此类。

　　高濑舟搭载着这些罪犯,在寺院晚钟敲响的黄昏时分出发,两岸是京都街道上鳞次栉比的黑乎乎的民房,一路往东,横穿加茂川,向下游驶去。犯人和亲属往往彻夜长谈,诉说身世经历,

---

① 江户时代幕府的下级官员,负责警察、总务等工作。

而且总是没完没了地说着后悔莫及、无法挽回的话。负责押解罪犯的同心在一旁听了他们的对话，能够详细了解犯人家庭的悲惨境遇。这是那些只在町奉行所听表面上的口供、在官署看供词的官员做梦也想象不到的惨境。

同是同心，其性格也因人而异。有的冷漠，一听他们说话就觉得厌烦，恨不得捂上耳朵；有的对他们的可怜身世感同身受，却碍于职务关系，不能形诸颜色，只能默不作声，暗地痛心；更有心软泪浅的同心，如果负责押送身世极其凄惨的罪犯及亲属，则会情不自禁地一掬同情之泪。

于是，町奉行所的同心们都觉得高濑舟的押送是一件苦差事，没人喜欢。

不记得是什么时候发生的事情了，大概是白河乐翁侯①在江户执政的宽政年间吧。智恩院的樱花随着暮钟落英缤纷的春暮时分，一个前所未有的罕见的罪犯被带进高濑舟。

他名叫喜助，大约三十岁，居无定所。关押期间无人探监，所以就他一个人上船。

奉命押送的同心羽田庄兵卫只知道这个喜助是杀害弟弟的罪犯。刚才将他从牢房带到栈桥来的时候，这个面黄肌瘦的喜助非

---

① 即松平定信(1758—1829)，江户时代的大名、政治家。陆奥国白河藩第三代藩主。

常老实、顺从，对自己这个幕府的官员毕恭毕敬，凡事不敢违抗。而且这绝非犯人中常见的那种佯装温顺、讨好权势的态度。

庄兵卫觉得奇怪，上船后不仅仅出于押解的职责进行监视，还一直细心观察他的一举一动。

那一天傍晚，风停了。满天薄云，月色朦胧。入夜，夏天的热气终于袭来，仿佛在两岸的泥土与河床上化为雾霭升腾起来。高濑舟驶离下京，穿过加茂川以后，周围静寂无声，只有船头推开水面的哗哗声。

夜间行船，允许犯人睡觉，但喜助没有躺下来，只是仰望随着云层薄厚而时明时暗的月亮，默不作声。他额头明亮，眼睛泛着微光。

虽然庄兵卫没有正面盯着他看，但目光始终没离开他的脸，心里反复念叨着这人真怪……因为喜助这张脸，无论横看还是竖看，总显得十分开心。看他这样子，要不是顾虑到幕府官员在身边，准会吹口哨或者哼小曲什么的。

庄兵卫心想，自己在高濑舟上押送犯人都不知道多少回了，但几乎所有的犯人都是一副目不忍睹的可怜样。这个家伙究竟是怎么回事？像乘船游山逛水的样子。听说他的罪行是杀弟。即便弟弟是个恶徒，也无论是在什么情况下杀害他，就人之常情而言，心里也不会是痛快的。这个面黄肌瘦的家伙，难道是毫无人性的世所罕见的大恶棍吗？说不定他发疯了吧？不，没有。他的言行举止都很正常，合乎情理。这家伙究竟是怎么回事呢？庄兵卫越想越觉得喜助的态度无法理解。

过了一会儿，庄兵卫实在忍不住，开口问道："喜助，你在想什么呢？"

"是。"喜助答应一声，然后环顾四周，似乎担心官员要盘问自己的什么事，便端正坐姿，看着庄兵卫的脸色。

庄兵卫觉得自己必须向他说明突然发问的动机，让他明白这与职务无关的谈话的缘由，于是说道："噢，我只是随便问问。其实嘛，我一直想知道你前往孤岛的心情。我用这条船把很多人送到岛上去。虽然他们的经历各不相同，但所有人都对被流放到孤岛悲痛伤心，与送行的家人彻夜相对而泣。可是看你，对上岛一副满不在乎的样子。你究竟是怎么想的？"

喜助微微一笑，说道："谢谢您对我关心的好意。对别人来说，去离岛的确是痛苦难当的事，我也能理解他们的心情。但那是因为他们都在世间享受过。京都是个好地方，但是我在这个好地方所受过的苦，让我将来无论走到哪里恐怕都不在话下。官府慈悲为怀，饶我一命，把我送到岛上去。即使岛屿多么荒凉艰苦，总不是妖魔鬼怪的巢穴吧。我从来就没有一处适合自己居住的地方，这一次官府命我上岛待着，能够在官府命我待着的地方安稳定居，那是求之不得的事情。虽然我的身体比较虚弱，但从未得病，所以上岛以后，无论多苦多累的活都累不垮我。而且，这次上岛，还发给我二百文钱，在这儿呢。"说着，喜助用手按了按胸前。按当时的规定，给每个流放孤岛的犯人发二百文钱。

喜助继续说道："说起来真的很难为情，我身上从来就没有过二百文钱。我到处奔波，找活干。无论什么活，都不怕苦不怕累，玩命干。但到手的工钱总是右手进左手出，要还债。只有手头宽裕的时候才能用现钱买东西吃，基本上都是还旧账借新债。进了班房，不干活还能吃上饭，这就让我觉得对官府过意不去。而且出狱的时候还给我二百文钱。如果以后照样吃官府的饭，那么就可以不花这二百文钱。我身上有自己的钱，这可是第一次啊。虽然不知道岛上有什么活，但我打算把这二百文钱作为在岛上经营的本钱。"

庄兵卫只是随口"嗯，是嘛"地应和，因为听到的这些话实在出乎意外，一时无话应对，便默然思考起来。

庄兵卫差不多步入老年了，家里有妻子和四个孩子，老母亲健在，是个七口之家。平时生活节俭，甚至到了让人感觉吝啬的地步。衣服除了工作制服外，只剩下一件睡袍。不幸的是，妻子是富商的女儿。虽然她也想依靠丈夫的俸禄过日子，但从小就在富裕的家庭里娇生惯养，无论如何也无法习惯紧衣缩食的生活。往往一到月底，就出现亏空，于是她偷偷从娘家拿钱补贴上，因为丈夫非常讨厌向人借钱。但这件事最终也瞒不过丈夫。本来平时每逢五节①，娘家会送东西来，还有孩子的七五三②，娘家也会送来礼物，这些已经让庄兵卫过意不去，结果发现还拿娘家的钱填补自己家庭开支的亏空，自然不会有好脸色。一向风平浪静的羽田家时常发生一些风波，其因皆源于此。

庄兵卫听了喜助的诉说，把他与自己的状况进行比较。喜助干活拿了工钱，是右手进左手出。这样的境遇十分可怜，令人同情。但回头看看自己，和他之间又有多少差别呢？自己不也是右手拿进官府发给的俸禄，左手就交给别人吗？自己和喜助之间的差别不可同日而语，喜助还有让他极度珍惜的二百文钱的储蓄，而自己没有。

换位思考的话，怪不得喜助将这区区二百文钱视为一笔储蓄，满心高兴。自己可以理解他的喜悦心情，但无论如何难以理解的，是喜助这个人的无欲和知足。

---

① 指正月七日的人日、三月三日的女儿节、五月五日的端午、七月七日的七夕、九月九日的重阳。
② 每年十一月十五日，三岁、五岁的男孩和三岁、七岁的女孩前往神社或寺庙参拜。

喜助为找工作疲于奔命，只要有活干，他会不辞辛劳，卖力苦干，能够勉强糊口就心满意足。入狱以后，吃到以前从未吃过的东西，仿佛天上掉馅饼，不劳而获，感觉到有生以来从未有过的满足。

庄兵卫通过换位思考，终于发现自己和喜助的差距过于悬殊。一家人靠自己的俸禄过日子，虽然有时入不敷出，但基本上收支平衡。日子过得紧紧巴巴。而且对这种生活几乎没有满足感，既没有幸福感，也没有不幸之感。然而心底难免忧虑：要是这官府的差事被罢免，该怎么办？万一得了大病，该怎么办？这样的生活难以为继。每当知道妻子从娘家拿钱回来补贴家用的时候，这种忧虑恐惧就会从潜意识里抬起头来。

那么，这悬殊的差距是如何产生的呢？表面上看，喜助独自一人，无牵无挂，而自己有家有口。当然可以把原因归咎到这上面，但其实是自欺欺人。即使自己同样是孤身一人，似乎也不会有喜助那样的心态。庄兵卫觉得，应该还有更深层次的原因。

庄兵卫只是笼统含糊地思考人生。人生了病，就想没病那该多好。饔飧不继，就想一日三餐那该多好。当没有未雨绸缪的积蓄时，就想有点积蓄该多好。有了积蓄，就想这积蓄越多越好。如此一个接一个地考虑下去，没有尽头，不知止步。庄兵卫发现，止步于人生欲求的正是眼前这个喜助。

庄兵卫忽然睁开惊异的眼睛看着喜助,感觉正仰望天空的喜助头顶放射出毫光。

庄兵卫盯着喜助,叫了一声:"喜助先生。"这"先生"倒不是庄兵卫有意识地改变称呼。话从嘴里说出来,再返回自己的耳朵,庄兵卫发现这样称呼他不妥,但一言既出,驷马难追。

"是。"喜助似乎也对"先生"这个称呼感到疑惑,提心吊胆地看着对方的表情。

庄兵卫掩饰有点尴尬的神色,说道:"可能你觉得我打听的事情太多,你发配到离岛,是因为杀人。能不能把事情的缘由告诉我?"

喜助诚惶诚恐地回答道:"是的。"接着小声地开始叙述:"实在是一时糊涂,干出这种可怕的事来,后悔莫及。后来回想起来,怎么竟然那么干,自己都觉得不可思议。那时候完全是昏了头。小时候,双亲死于瘟疫,剩下我和弟弟两个人。村里人看我们,就像自家屋檐下的小狗一样可怜,给予照顾关爱。我们也在村里跑跑腿,干点杂活,总算没有挨饿受冻,活了下来。逐渐长大以后,我们出去揽活,也是尽量不分开,互相关照,相依为命。

"那是去年秋天,我和弟弟一起去西阵的一家丝织厂干活,操作空引机[1]。可是过不多久，弟弟得病，无法干活。当时我们住在北山的一间窝棚里，每天要过纸屋川桥去上班。天黑以后，我买点吃的带回去。弟弟一直等着我，对我一个人干活养他很是过意不去，老说对不起、对不起。

"有一天，我和往常一样回来，看见弟弟趴在被子上，周围都是血。我吓坏了，把手里的竹皮包[2]还有别的东西一扔，到他身边，问：'你怎么啦？你怎么啦？'弟弟抬起头看着我，他脸色煞白，从脸颊到下巴鲜血淋漓，已经无法张口说话。他喘一口气，伤口就随之发出咻咻的声音。我不知道他怎么回事，问：'你怎么啦？是吐血了吗？'正要挨近他身旁，弟弟右手撑着床铺，把身子稍稍支起来，左手使劲按住下巴，黑色的血块从他的指缝间渗出来。弟弟用目光示意我不要靠近他，然后勉强开口说道：'对不起，原谅我吧。反正这病好不了，我想早点死，这样哥哥你也稍微松快些。本以为割断喉管，就会马上死去，没想到只是漏气，没死成。我想应该割得深一点，便使劲往里按，结果刀偏向一边去了。刀刃好像没坏，如果你把它拔出来，我就死成了。我这样说话特别痛苦，你就帮我拔出来吧！'弟弟松开了左手，气又从伤口漏出来。

---

[1] 引进提花机之前的主要花纹纺织机，须两人共同进行操作。
[2] 竹子皮包裹的食物。

"我想说什么,却说不出来,默默地看着弟弟喉咙的伤口。看来他是右手拿着剃刀,横切喉管,但没有死成,于是又把剃刀深深地扎进去。伤口外面露出大约两寸的刀把。见此景象,我不知如何是好,只是看着他。弟弟也一动不动地盯着我。我好不容易说道:'你等着,我去喊大夫来。'弟弟似乎流露出抱怨的眼神,又用左手紧紧按住喉咙,说:'大夫也没用。啊啊,疼!快点拔掉!求你了!'我不知所措,只是看着他的脸。这种时候简直不可思议,眼睛竟然会说话。弟弟的眼睛怨恨地看着我,仿佛催促我'快动手!快动手啊!'。我感觉车轮在脑子里不停地旋转。弟弟严厉的眼神还在催促,那眼神逐渐变得凶狠起来,像是对仇敌怒目而视那样凶残冷酷。这时,我终于明白,必须按照他的要求去做。我说:'没办法,我这就给你拔了。'弟弟的眼神顿时变得明亮起来,似乎还有些高兴的样子。我想必须干得干脆利落,于是膝盖跪地,探出身体。弟弟放开撑在被子上的右手,换成按在喉咙上的左手撑着被子,躺下来。我攥紧剃刀的刀把,一下子拔出来。

"就在这时,邻居老太婆打开我家的前门走进来。我委托这个老太婆在平时我不在家的时候照顾弟弟吃药什么的。当时屋子里相当黑暗,不知道她都看见什么了,只听她啊了一声,慌慌张张跑出去,门也没关。虽然我十分注意拔刀的时候要快要直,

229

但拔出来的手感,觉得割断了一处原先没有割断的地方。因为刀刃朝外,所以大概割断了外面的部位。我手持剃刀,呆呆地看着老太婆走进来又跑出去。待我回过神再看弟弟,他已经断气。伤口大量出血。我把剃刀放在一边,凝视着眼睛半睁半闭的弟弟的脸。接着村官员进来,把我带去村公所。"

喜助讲述的时候,略微抬头,看着庄兵卫的脸。讲完以后,目光落在膝盖上。

喜助的讲述条理清晰,甚至可以说条理过于清晰。大概因为在这半年时间里,他无数次地回忆当时的情景,同时是在村公所的盘问、町奉行所的审讯中小心谨慎地梳理回答的结果。

庄兵卫听其叙述,有身临其境之感。喜助讲到一半时,庄兵卫就产生疑问:这能说是杀害弟弟吗?这能说是杀人吗?听到最后,他还是无法解开疑惑。弟弟对喜助说"拔掉剃刀,我就会死去,你帮我拔掉剃刀吧",所以,喜助拔掉剃刀让弟弟死去。这个行为被断定为杀人。但是如果不拔剃刀,弟弟也会死的。弟弟之所以说希望快点死,是因为无法忍受痛苦。喜助不忍心弟弟受痛苦的折磨,想把他从痛苦中拯救出来,所以才结束其生命。这是犯罪吗?杀人无疑是犯罪。但如果是为了把他从痛苦中拯救出来,这也是犯罪吗?他疑团纠结,百思不得其解。

思来想去,庄兵卫认为还是交给上面去判断吧,自己只能听从权威的意见。他决定将奉行大人的判断作为自己的判断。但即便这么想，庄兵卫心里还是有无法释怀之处，那只好当面向奉行大人请教。

月色朦胧夜渐深，高濑舟载着沉默不语的两人，在黑黝黝的水面上滑行。

高濑舟缘起

据说京都的高濑川是角仓了以挖掘的，五条以南的河段完成于天正十五年，二条至五条河段完成于庆长十七年。航行的船只是拖船。"高濑"本是船名，便将该船航行的河流称为高濑川，所以各地都有同名的河流。但航行的船只不止拖船，所以《和名钞》将"艇小而深者曰舼"的"舼"字释义为"高濑"。借阅竹柏园文库所藏之《和汉船用集》，其中有"艕高，舷、横舷低平"的记载，并附有撑篙行舟图。

据说德川时代，罪人被判流放远岛，则坐高濑舟押解至大阪。押解者京都町奉行所属之同心常听到悲惨身世诉说。某次，被押解上船的犯有杀弟罪行的男人毫无悲伤之色。详细询问后，该人回答：平时食不果腹，被判流放远岛后获得二百文钱，这是第一次持有这么多钱。又问他为何犯杀人之罪，他说兄弟二人在西阵干活,操作空引机,但收入微薄,难以生活。后来弟弟欲自杀,却未死成。弟弟求他,既然生已无望,不如尽快帮其死去。遂杀之。

此事见于《翁草》。在池边义象先生校订的铅字本中有一页多篇幅的记载。我读过之后,认为其中揭示出两大问题。一是财产观念。身无分文的人获得钱财后的喜悦与所获钱财的多少无关。因为人本欲壑难填,有多少钱都不满足。而将区区二百文视为财产而高兴,实为有趣。二是让濒临死亡而痛苦不堪者死去。致人死命无异于杀人。无论什么时候都不能杀人。记得《翁草》中有这样的批注:无知无识之民,竟无恶意而杀人。然而,这绝非死板的规定所能轻易处理的问题。倘若有病人濒临死亡,极度痛苦,而且无可救药,束手无策,那么在一旁看着如此痛不欲生的人,你有何想法呢?即便是受过教育之人,此时也必定会产生"反正终得一死,不如尽快结束其生命,以免延长痛苦"的心情。这里就产生是否使用麻醉药的问题。即使药量不致其死亡,但只要用药,就有可能加快病人死亡。因此,只能眼睁睁地看着病人经受痛苦的折磨。传统的道德观令我们必须让其痛苦。然而在医学界,有人对此提出异议。认为对痛苦的濒死者,可让其轻松地死去,解脱痛苦。这就是"安乐死",意为安乐地死去。我觉得高濑舟的罪犯正是这种情况。我对此很感兴趣。

因此,我写出《高濑舟》这个故事,发表在《中央公论》上。

图书在版编目(CIP)数据

犯人／(日)太宰治等著；郑民钦译. -- 海口：
南海出版公司, 2022.10
ISBN 978-7-5735-0222-3

Ⅰ. ①犯… Ⅱ. ①太… ②郑… Ⅲ. ①推理小说－小
说集－日本－现代 Ⅳ. ① I313.45

中国版本图书馆 CIP 数据核字 (2022) 第 105142 号

犯人
〔日〕太宰治 等 著
郑民钦 译

出 版	南海出版公司　(0898)66568511
	海口市海秀中路51号星华大厦五楼　邮编 570206
发 行	新经典发行有限公司
	电话(010)68423599　邮箱 editor@readinglife.com
经 销	新华书店
责任编辑	翟明明
特邀编辑	江起宇
装帧设计	李照祥
内文制作	田小波
印 刷	河北鹏润印刷有限公司
开 本	880毫米×1230毫米　1/32
印 张	7.5
字 数	134千
版 次	2022年10月第1版
印 次	2022年10月第1次印刷
书 号	ISBN 978-7-5735-0222-3
定 价	49.00元

版权所有，侵权必究
如有印装质量问题，请发邮件至 zhiliang@readinglife.com